二見文庫

美母の誘惑

北山悦史

目次

美母の誘惑

第一章　姉と弟

1

明かりを消した二階の自室でベッドに潜り込み、十九歳の香菜《かな》は身を固くしていた。九時半を過ぎたかどうかの時刻。普通だったらテレビでも見ている時間だが、頭のなかはこれからのことでいっぱいになっている。

体を求めて弟の直矢《なおや》がやってきたら、自分は最後まで拒みとおすことができるのか。何とか、今まで脱衣場でやってきたようなことで終わらせることはできないのか。

（絶対ダメって言わなくちゃならないわ。姉と弟なんだから）

もう何度自分に言い聞かせたかわからない言葉を繰り返す。しかしその一方で、その決意が信用できない自分を感じもする。

眩しいばかりの十六歳、自分の自慢でもある可愛い弟のことを思うと、弟が現れる前に決意を引っ込めてしまいそうな心もとなさを覚えてしまう——。

乳房が目に見えて大きくなった中二の頃から、香菜が風呂に入っている時に直矢は母の目を盗んで脱衣場に来ては、香菜の裸を見た。

女の部分を含めて裸を見られることに、香菜はさして抵抗や恥じらいは感じなかった。体を隠したタオルを引き剝がされても、非難こそしたが実際にはそんなに腹を立てていたわけではない。

乳房丸出しの写真はどこにでもあったからだ。その程度のことは、女の子としては普通なのだろうと思っていた。

香菜が恥ずかしいという意識を持つようになったのは、直矢の行為がエスカレートして乳房を触るようになってからのことだ。中二も終わりに近づいた頃だった。

といっても、触られたこと自体に恥ずかしいと思ったわけではなかった。丸々とした膨らみを撫でられ、透明感のある桃色の乳首をつままれたりすると、くすぐったさの混じった快感を覚えたからだ。

その快感が、恥じらいというものを香菜に意識させた。当然、香菜は拒否するようになった。が、香菜が拒否するのと比例するように直矢は求めてきた。

「お母さんに言ってやるから」

　香菜が顔を険しくしてそう言ったのは、乳首をしゃぶられた時だった。中三に上がってすぐのことだ。

　乳房はいよいよ大人びた形をなし、薄桃色に発色した乳首は誇らしく上を向いていた。その様に、直矢は指で触るだけでは済まなくなっていたようだった。

「言うんだったら言えば」

　風呂上がりの乳房を両手でかばった香菜をけしかけるように、直矢は言った。ずっと昔から香菜が好きだったジャニーズ系の直矢の顔は、下品な人種のように醜く歪んで赤らんでいた。

　何とも答えられず、香菜は直矢を見つめ返した。口先だけで、自分が母に訴えることができないのを直矢が見越しているのは、わかっていた。悔しかったが、どうしようもなかった。

　直矢のことを香菜が母に訴えることができないのは、自分自身に理由があった。指で触られたときの何倍も強く、しゃぶられた乳首が感じてしまったからだ。それが責め苦となって、たとえ母に訊かれることがあったとしても、口にはできなかった。

そのうち柔らかい乳房を揉みしだき、乳首をしゃぶるのを楽しむようになった直矢は、さらにエスカレートし、好奇の手を下半身に向けてきた。ふっくらとした肉に隠された急所を触りはじめた。

乳首をしゃぶられた時以上に、香菜は口外できないのを知った。肉の突起は乳首の百倍も敏感だった。初めてそこに触られた時、香菜は非難のではなく、快楽の声を上げてしまったくらいだ。

「やめてよ、直矢！　何するの！」

母に聞こえてしまいそうな大声を出したのは、そんな自分に自分で驚いたからだ。大声を出して、ハッとした。女の子の秘密を触られて感じてしまったことを母に知られたらと、そちらのほうが心配になった。

声を出すことなく抵抗するのは、また不可能でもあった。裸なのだ。下を防御しても上は攻められる。青い好奇心に満ちた直矢の手と口を、手だけで防ぎとおすことは無理だった。

母に知られたら大変なことになるという緊張した思いは、逆に肉体に強く働きかけることになった。

肉体の感覚はどんどんと恐ろしく敏感になり、クリトリスに触られたとき以上の快感を、乳首が感じるようになった。クリトリスが感じる快感というと、それはもう目もくらむばかりになった。

感じたくなくても感じてしまう肉の悦びは、声を出すことができない状況では、否応もなく体に現れた。体が、震えてしまう。そうしようと思いもしないのに、くねくねと腰がくねってしまう。

香菜のそんな反応に、直矢は狂ったように興奮した。

「ここ、気持ちいいの？　男のオチンチンとおんなじなんだね」

まだ小学生だというのに、直矢は大人のように香菜の髪に頬ずりし、無意識にだろうが、熱い息を耳に吐きかけて、感じる突起をいじくった。香菜は顔を横に振った。

（感じてなんかいないわ）

そう伝えようとしたのだ。だが直矢には、香菜が気持ちよくて顔を振ったと映ったようだった。たとえ実際に口に出してそう言っても、言葉どおりには受け取ってくれなかっただろう。体の反応が、〝感じている〟ものだったからだ。

クリトリスへの指刺激から口と舌での刺激に移行するのに、いくらも時間はかからなかった。クリトリスを指でいらいながら乳首を吸い、舐め、しゃぶるという行為から、ごく自然の流れとして移行していった。

初めて口淫をされたときは、震えた。される前から震えた。浴室から出たばかりの濡れた香菜を、待ち受けていた直矢はシャツを濡らしてまで抱き締めてきて、いつものことを始めた。

「お母さんに知られたらどうするの。ねえ、直矢、もうやめようよ」

訴える香菜を無視して、直矢は乳房と淫核を愛撫しまくった。口とは裏腹に体は正直に反応し、香菜は歯を食いしばって声を快楽の抑えた。

淫核を指でいらいながら乳首をしゃぶり、舌でなぶっていた直矢が、しゃがんでいった。その後のことは簡単に予測できた。

（ああ、舐められる……ピンピンに勃ってるとこ……）

胸を抱いて香菜は震えた。

指と口とでは全然違った感じだろう。される前から気が遠くなりそうだった。弟との行為を、自分はうとましく思っているのか、その逆で望んでいるのか、わからなくなっていた。

乳房に負けないぐらい発達して肉づきのよい腿に、直矢は両手をあてがった。香菜は腿をすぼめた。緊張しすぎて、そうしないではいられなかった。

内腿に指をくぐらせて、直矢は香菜の腿を開かせた。初めてのことに打ち震える香菜は声も出せないでいたが、直矢も一言も発しなかった。直矢の苦しいぐらいの興奮が、香菜には手に取るように感じられた。

腿を開かせた直矢は、その手を陰阜《いんぷ》にあてがってきた。恥肉が、剝かれた。硬直している過敏な突起が、外気に触れた。

(あー、直矢、やめて!)

香菜は声にならない声で叫び、そこに口を近づけさせまいと、直矢の頭に手をかぶせた。が、すでに直矢は口を近づけていた。香菜のその行為は、直矢の頭を引きつけたのと同じことだった。

焼けるように熱くてぬめぬめとした感触の舌が、クリトリスに密着した。そこからおなかの上まで、電気が走った。

「ああぁっ!」

香菜は顔をのけぞらせて悲鳴を上げた。恥肉を剝き広げている直矢が、そこに爪を立てた。大きな声を出すなと諫《いさ》めているのだと、香菜は知った。香菜は思い切り口を引き結んだ。

直矢が舌を動かした。ナメクジのような舌がクリトリスを完全に包み込み、ぬるぬると這い上がった。電気が、淫核突起から脳天まで駆け上がった。頭の先から稲妻のようなビームが放射されるような感覚を、香菜は感じた。

「あっ、直矢、いやっ!」

引き結んでいた口はあえなく開き、香菜は悦びの叫びを上げていた。拒否でも嫌悪でもない、それは快楽の声以外の何ものでもなかった。

直矢が、恥肉とおなかの下のところと骨盤の外側に指を食い込ませてきた。声を出すなと言っているのだ。香菜は歯を食いしばった。

(声を出したら、駄目……)

だが、自らにそう言い聞かせる戒めは、肉体の震えと昂りをいっそう促すことになった。

香菜は直矢の頭に手を乗せたままだった。震える手は直矢の頭を震わせた。口も舌も震わせた。クリトリスを襲った厳しい電気刺激は甘い快感へと変わった。

(あ、ああ……気持ち……いい……)

歯を食いしばり、のけぞりわななく香菜は、その感覚を認めた。認めたとたん、体のこわばりは溶け、快美感が全身に広がっていった。

(あー、気持ち、いい……直矢に硬くなったの舐められて、あ、ああ、あたし……)

香菜が自分から腰を揺らめかせだしたのは、そのあたりからだった。

その時にはもう、直矢の舌は縦横に動いていた。だから、気がついたのはその時というだけで、もっと前から腰をせり出したり、くねらせたりしていたのかもしれなかった。

ビクッ！　と体が弾んだのは、その直後のことだった。飛び上がるような反応だった。甘い電気の痺れは、体中の細胞という細胞をまばゆく輝かせていた。

(何、これ……)

香菜は驚いた。自分ではどう制御することもできないままに、体が跳ね上がっている。今までにないことだった。

体のひと跳ねひと跳ねに、細胞の輝きが増した。体中が真っ白に光るのを覚えた時、その白さの中に意識そのものが吸収されていった。

2

香菜は何か急かされている感じを覚えていた。気がつくと、ジャニーズ顔を茹でダコのようにした直矢が自分を見上げている。

「どうしたの。すごくよかったの？」

直矢が訊いてきた。香菜は答えることもできず、直矢を見下ろしていた。頭は朦朧とし、視野は霞み、目の焦点も合わない感じだった。

「すっごくよかったの？　今までと違ったよ。香菜姉ちゃんの感じ」

興奮した顔で言って、直矢は香菜の体中を撫で回した。初めて絶頂感というものを味わい——まだ香菜には実感といえるものもなかったが——意識も覚め切っていない香菜は、すぐにまた別の〝初めて〟を体験させられることになった。

「ねえ、香菜姉ちゃん、僕もこんなになってるの。見て」

立ち上がった直矢は香菜の手を取るなり、ズボンの前を触らせた。まだ茫漠とした意識のままでいた香菜は、握らされたものの異様さに驚き、悲鳴を上げた。

男のモノが「勃起」するということは、もちろん知っていた。それが女性器に挿入されて射精するということも、学校でちゃんと教わっていた。

しかしそのことは、知識として頭にあったにすぎない。自分が現実に体験するということとは、つながりを持たないものだった。さらに、教科書で見た男のモノは、きれいな形をしていたし、きれいな色でもあった。

ところがズボンの上から握らされたものは、ゴツゴツとしていてとらえどころがなく、異様としか感じられなかった。

悲鳴を上げた香菜の口を直矢はふさいだ。直矢は、母に聞こえたかもとでもいう、ひきつった顔をしていた。口をふさがれた香菜は香菜で、直矢を睨んでいた。自分は何も悪いことをしたわけではない。悪いのは直矢のほうだ。そのことは確信としてあったので、突き刺すような目つきだったと思う。

「もう、おっきい声は出さないようにしなくちゃ駄目だよ」

ささやくように言って直矢は香菜を解放すると、脱衣場のドアをそっと開けた。母の姿はなかった。直矢はコソ泥のように出ていった。

が、直矢が案じたように、母はすぐ近くにいたらしい。閉まったドアの向こうで、二人が何かしゃべっているのが聞こえてきた。

(もう絶対、こんなこと、しないわ)

冷水を浴びせられたような気持ちで香菜は思った。今、突然握らされたものの異様さよりも、抑えようもなく自分が飛び跳ねてしまった反応のほうが、強く心に残っていた。

すぐ近くに母がいたことで懲りたはずだと香菜が思った直矢は、少しも懲りていなかった。というより、一瞬ではあっても、香菜の手に勃起を握らせた感激に打ち克つことができなかったのかもしれない。

　翌日また、直矢は脱衣場で待ち受け、香菜を襲ってきた。香菜は前日までとは違った強い抵抗を見せた。しかし、直矢の攻めはもっと強かった。

　淫核をなぶられ、意思とはかかわりなくとがり勃ってしまった淫核に口と舌をつかわれた香菜は、前夜にまさる絶頂感を体験した。全身が発火したナメクジのようになったままの香菜は、わけがわからないままに勃起を握らされていた。

　それは、前夜とは異なっていた。ただゴワゴワとした異様な塊ではなかった。熱い体温を持った、生き物そのものだった。

　直矢はズボンから出していたのだ。勃起した肉茎は小さめの魚肉ソーセージのように思えた。硬さは鉄のように感じられた。

　前夜のように香菜が大声を上げなかったのは、二度目だからということではなく、違和感とでもいうものをそれほど感じなかったからだろう。生身のせいだったからかもしれない。

　握らされているものに香菜は目を落とした。親指の付け根のところからき出ている亀の頭に似た先端は、可愛いかった。

「香菜姉ちゃん、僕、苦しいんだ」

香菜が悲鳴を上げないことに安堵した顔をして、直矢は訴えた。

「どういうこと?」

香菜は訊いた。意外と素直な気持ちになっていた。やさしいといったほうが近いかもしれなかった。可愛い亀頭を見たからだっだろうか。

「これ、勃ってて」

「え……気持ちいいんじゃないの?」

「このままだと、苦しいんだよ。ちょっと触ってくれない?」

勃起を握らせた香菜の手に手を添えていた直矢は、香菜の手をゆっくりと動かした。

「あっ、あううっ……!」

二秒とせずに直矢は顔をのけぞらせた。こめかみに血管を浮き出させて、それ以上はないようなつらそうな顔だった。

「大丈夫?」

「あうう、気持ちいい。あ、う、香菜姉ちゃん、僕、死にそう。気持ちよくて死にそうだよ」

直矢は女の子のように体をくねらせ、香菜の手に添えていた手で乳房に触ってきた。一方の手では、香菜の顔と髪を愛おしげにまさぐってきた。その仕草で、直矢が本当に気持ちがいいのだと香菜は思った。

香菜自身としては、とりたてでどうということもなかった。可愛い亀の頭を持ったソーセージをこすっているようなものだ。自分が今しがたされたことに比べたら、いやらしさだってないと言ってもいい。

「こうやってしてれば、苦しくないの？　死にそうだけど、苦しくなくて、気持ちがいいの？」

ささやき声で訊きながら香菜は硬い肉茎をこすった。

「……ぐっ……うぐっ……あ、香菜姉ちゃんっ……」

直矢は乳房を荒々しく揉み立て、洗ったばかりの香菜の髪を掻き乱した。

「もっと？　まだやるの？」

そう香菜が訊こうとした時、肉茎は脈動した。おなかにビュッ！　と液体が迸《ほとばし》った。ヤケドをするかという熱さに感じられた。

「わっ！」

香菜は手を離して跳びすさった。だが体はいくらも離れなかった。直矢が香菜の頭を抱きかかえていたからだ。

裸のおなかに、熱くて白い体液が何回も何回も降りかかった。

（射精だ……精液だわ……）

目の前で繰り返される男の生理現象を、香菜は現実のことではないかのように見つめていた。

3

香菜が、直矢との秘密を〝いけないこと〟とはっきり自覚したのは、その時からだった。自分が愛撫されて絶頂まで昇り詰めることと、自分の指戯で直矢が射精することとは別だと思った。

仮に、直矢が自分と同じように射精を伴わない絶頂に達するというのであれば、罪悪感はそれほど感じなかったのではないかと思う。しかし、射精までは駄目だ。そこまで行くのは許されない。

しかしそれは、香菜だけの事情だった。直矢の事情はまるで反対、ほとんど連日のようにペニス愛撫を求めてくるようになった。可愛い直矢に強く求められては、香菜も拒否しとおすことはできなかった。

脱衣場でのほんの数分というのが、せめてもの救いだった。これが、二階の自分や直矢の部屋でということになると、もっと恐ろしいことになるのが目に見えている。射精ということで、当然香菜は妊娠の恐怖をいだくようになっていた。精液はおなかに掛けられるだけだったが、われめにも掛かるし、おなかに掛かったのが垂れもする。

行為が脱衣場で営まれるのが救いなのは、終わったあと、また浴室に入ってシャワーを浴びたり体を洗ったりすることができるからだった。

直矢は、浴室には入ろうとしなかった。いつなんどき母が突然来るかわからないという思いがあったからだろう。そのことでも、かなり救われていた。

そのストッパーがあって最悪のことは回避されながら、時は過ぎた。香菜は高校に上がり、直矢は中学生になった。それからも二人だけの秘密は繰り返された。

直矢より二つ年上、香菜の二学年下の絵美が中高一貫教育でウイークデーは寄宿舎生活をするミッションスクールに入らなければ、関係は続かなかったかもしれないが、家には姉弟としては香菜と直矢がいるだけのようなものだった。

そうして香菜は高校を出て大学生になり、今二年。直矢は高校生になった。

ほとんど大人になった直矢は、目に見えてエスカレートを望んだ。さすがに自分の中で抑えていたのだろうが、とうとう抑制が限界を超えてしまったようだった。

それは今日、つい先ほどのことだ。

香菜はいつもよりずっと早く風呂に入った。夕飯を終えてすぐだった。何かしら、悪い予感がしたのだ。香菜がパジャマの用意をして自分の部屋を出た時、直矢は隣の自分の部屋にいた。

普通に下りても音を立てるような階段ではないが、それでも香菜は直矢に悟られぬよう、抜き足差し足で階段を下りた。急いで体を洗った。丁寧にしたかったが、シャンプーも手早く済ませた。さっと湯につかり、上がった。

脱衣場に、ちゃんと直矢はいた。

「今日は、よそうよ」

拝むようにして香菜は言った。

「駄目。もうこんなになってるもん」

直矢がジーパンをずり下げた。もうすっかり慣れっこになっている肉柱は、天を突いてきばり勃っていた。

「ねえ、今日はお願い。レポートとか、しなくちゃなんないの」

「大丈夫だって。五分とかかんないからさ」

直矢は、まだ閉めていなかった浴室のドアを大きく開けて香菜を押し返すと、自分も入ってきた。

「何するの。お母さんが来たらどうするの」

いつもとは違ったやり方に香菜は驚いた。悪い予感が当たったとも思った。

母は回覧板を持ってお隣さんに行ったと、直矢は答えた。おしゃべりをしてくるにきまってる。十分は戻ってこない、と。

すぐ戻ってきたらどうするのかと香菜が反論しようとした時には、もう直矢はジーンズとブリーフを脱ぎ、下半身裸になっていた。直矢はすぐに、硬直した肉柱を香菜に握らせた。五分とかからないと直矢が言ったのは、香菜への愛撫を省くという意味らしかった。

しかし直矢の目論見はそれだけではなかった。仕方がないと諦め、香菜が指で奉仕しはじめてから間もなく、直矢は香菜にしゃがむように言った。

「……どうして……」

戸惑いを目に表して香菜は訊いた。しかし内心では、安堵する気持ちがあった。

脱衣場ではなく浴室に行為の場を移したことで、今日こそ許されぬことをされると香菜は案じていた。母は外だという。直矢としては、願ってもない状況だろう。

だが、直矢はセックスを求めてきたのではない。そのことで、わずかなりとも香菜は安心したのだった。いつも自分がされているように、表面を舐めてくれというわけだろう。

ところが香菜が求められたのは、そうではなかった。直矢はしゃがんだ香菜の顔をしっかりかかえ込むと、無理やり口に入れてこようとした。

「あん、直矢、いやっ。これってやりすぎ。駄目よ」

香菜は右に左にと顔を逃がしたが、逃げおおせることはできなかった。強く拒否したらセックスされるかもしれないという危惧もあった。鉄のように硬い亀頭が口をこじ開けた。そうして、ぬるぬると入ってきた。

「あううっ、うっ……あっあ、香菜姉ちゃん……！」

快感の極みなのか、直矢は今にも泣きそうな声を上げ、膝を烈しくわななかせた。顎がはずれそうなほどのカサをした亀頭が、硬度を増した。先端は喉まで達している。亀頭が膨らんでいるのか、喉の粘膜が収縮しているのかわからないが、そんな蠢きを香菜は感じた。

直矢が精液を噴き上げたのは、その一瞬後だった。五分も三分もない。一分とかかっていなかった。

確かにあっけない時間だったが、だから、その後が生じてしまったのだ。

「あとで香菜姉ちゃんの部屋に行くから」

と直矢は言ったのだった。セックスをするというのに違いなかった。


——そのことで今、ひとり香菜は思い悩んでいた。

今日、脱衣場でなく浴室であのことをしたのは、口に射精されて香菜がもどしたりしたらという、直矢の心づかいだったのだろうか。実際は精液が喉を直撃したので、飲んでしまったのだったが。

しかしそんなやさしい弟を自分は拒みとおすことができるのか。香菜の頭を占めているのは、そのことだった——。

第二章　禁断の夜

1

　ドアにノックがあった。と同時にドアが開いた。開いたかと思う間もなく閉まった。

(直矢、来ないで!)

　香菜はますます身を固くした。息をするのも苦しいくらいに緊張している。いくら血がつながっていないといっても、していけないことは、してはいけないのだ。

「香菜姉ちゃん、寝てるの?　狸寝入りなんでしょ」

　直矢がベッドに上がってきた。香菜は息を殺し、体をこわばらせた。直矢が掛け布団を剝いだ。香菜は直矢に背を向けて縮こまっている。

「さっきのつづき、しようよ。ママが寝てからって思ってたけど、ぜーんぜん駄目。

香菜姉ちゃんのこと考えたら、もう、こんなだもん。さっき出したばっかりっていうのにさ」

直矢はささやくようにそう言うと、掛け布団をめくって体を合わせてきた。体の左側を下にし、膝を曲げて横になっている香菜のお尻に、硬直したものが突き当たった。

香菜は体を伸ばしたが、何の意味もなかった。直矢が体を密着させたからだった。硬直したものはお尻の下をい潜って、股の内側に侵入してきた。

(あ、あたし、ほんとにされちゃう……)

そう思った香菜は、武者震いのようにわないた。自分でそうしようとも思わない、体の奥からの反応だった。

「うっ、香菜姉ちゃん……!」

うなじに顔を押しつけて、直矢が呻いた。今の武者震いで、香菜の内腿が直矢のペニスを揉み込むかどうかしたようだった。香菜はいいことを思いついた。

こういうふうにして満足させてやれば、最後のことまではしなくてすむのではないか。要するに精液が溜まっているのだ。おなかの中が捌けてスッキリすれば、最後の行為を求めてくることはないだろう。

香菜のパジャマのズボンの股深く挟まっている直矢のものは、おなかの前に突き出てしまうほどの長さだった。

パジャマを通して伝わってくる肉柱の温度は、香菜の肌より何度も高く感じられる。ソーセージのようなストレートな筒と、重量感のある張り詰めた出っ張りも感じられる。

生身のペニスが、香菜の脳裏にまざまざと浮かんだ。直矢はもう、パンツを脱いでいるのだ。今の状態でパジャマのズボンとショーツを脱がされたら、あっさりと目的を達せられると気づき、香菜は狼狽した。

早く何とかしなければならない。だけど、どうすればいいのか。そうだ、このまま……。とにかく、溜まった精液を出してやれば難を逃れることができるはずと、香菜は胸を抱いていた手を下に這わせた。

あらためて探るまでもなく、やはり肉柱はおなかの前に突き出ていた。まるで香菜の股間からペニスが生えているようだ。ねっとりとした感触でものすごい温度をした亀頭の下べりに、香菜は指をからませた。逞しい脈動が指の腹を打った。

「うっ、香菜姉ちゃん……」

直矢は弓なりになって腰をせり出した。香菜の背中と直矢の胸とが離れた。直矢は香菜の首に腕を回して引きつけた。

ペニスに指をからませたのは、右手だ。下側の左手では、香菜は乳房をガードしていた。その手をどかして、直矢はパジャマの上から乳房を荒々しく揉んできた。

「あっ、直矢、駄目……」

香菜はあえかに叫んで身悶えし、直矢の手を押さえた。が、それはうわべだけのことだった。

自分が抵抗のそぶりを見せれば、直矢はやっきになって乳房を揉み立てようとするだろう。直矢が乳房に意識を集中させている間に、溜まっているものを出してやろうと、香菜は考えたのだった。

「どうして香菜姉ちゃんのおっぱいって、こんなに柔らかくて、おっきくて、プリプリしてるの」

直矢は香菜のうなじに口づけし、耳に唇を這わせ、甘咬みし、熱い息でうわごとのようにそう言いながら、香菜のパジャマの前を開いて手を潜り込ませてきた。

入ってきたのは右手だった。じっとりと汗ばんだその手が、左の乳房を絞り上げるように揉んだ。乳房の内側に触った指が、ぬるりと滑った。

滑ったのは指が汗ばんでいたからというだけではなかった。乳房そのものも、汗を噴き出していた。そのことを、焼けるような胸の火照りで香菜は知った。

内側から這い上がった指が、乳首をこすった。甘くて強い痺れが乳房の内部を走った。

「ああっ……」

香菜は思わず声を上げていた。すでに体が覚えてしまった肉欲の声だった。

亀頭の下べりにからませている指は、そのままだ。激した男のモノは、焼けるほど熱い。鉄のように硬い。指にぬったりと、粘液が広がっている。

（早く精液、出させてしまわないと……）

その思いは、せっぱ詰まった意識として、あった。どうやったら直矢が早く射精するか、もちろんわかっている。

香菜はその行為を始めようとした。しかし、状態がよくない。ペニスが前に突き出ているとはいっても、愛撫をするには十分でない。気持ちよくこすってやるには無理がある。

向かい合わせになったほうがいいかと、香菜は思った。自分としてはそのほうがいい。今までもずっと、そういうやり方をしてきた。が、ためらうものがあった。体位を変えるのに乗じて、パジャマを脱がされる恐れがあると思った。

それで香菜は体をかがめ、右手を下に伸ばした。指は肉幹にまで達した。ちょっとやりづらいが、何とかできそうだ。手のひらの真ん中あたりに、ぬるぬるした亀頭の下べりが当たっている。

愛撫を始めようとした香菜は悦びの声を張り上げた。香菜が体をかがませたことで直矢が乳房を愛撫するのにも格好の体位となり、直矢は二つの乳房を一緒に揉みしだいたのだ。

汗ばんだ指と手のひらが、両方の乳首をやさしくこすった。乳暈もやさしくこすられた。左右同時に乳首がしゃぶられたような喜悦の感覚が、一気に香菜を襲った。

「香菜姉ちゃん、感じる？　乳首、どう？　すごく硬くなってるけど」

「あ、あ……直矢、駄目……」

「無茶苦茶気持ちよがらせてやるね。香菜姉ちゃんこと、死ぬっ死ぬって言わせてやるから」

「駄目……あ、あ、直矢、駄目だって……」

口でこそそう訴えた香菜だったが、両方の乳首を一緒に愛撫される快感には勝てなかった。一刻も早く射精させようと肉幹に添えた手は、いつの間にか離れてしまっていた。

2

直矢は香菜の首の下に左手を差し込んで、顔を仰向かせた。両乳首を愛撫されている香菜は快楽に喘ぎながら、身を委ねる。

喘ぐ香菜の口に、直矢は口を重ねた。香菜は発火するような悦びが全身を駆け巡るのを感じた。口づけは初めてのことだった。

（キス、されてる……）

陶然とした意識の中で香菜は思った。風呂場で繰り返してきた今までの秘密とは、まるで違った快楽の感覚にひたされている。いうなれば、心の悦びだった。

直矢が、ねっとりと唇をねぶった。いつもの彼らしいやさしさが現れていると香菜は思った。その思いが、行為となって出た。香菜は直矢の唇をねぶり返していた。とがった香菜の唇を、直矢は吸った。上唇が、つつっと吸い込まれた。その奇妙な感触が、直矢に対する愛情の感覚をいっそう高めた。

上唇を吸い取られながら、香菜は舌を出した。上唇を捉えている直矢の唇を、舌先でなぞった。直矢はすぐ唇を開き、舌を出してきた。突き出した香菜の舌先をなぶるようにはじき、お返しをした香菜の舌をくるくるとなぞり回した。それにも、香菜は応えた。

その時には、香菜は顔だけを上に向けているのではなく、横向きにしていた体も上を向かされていた。直矢は香菜の首の下に差し込んでいた左手を抜き、香菜のパジャマの前をすっかり開いた。

もし部屋が明るかったら、香菜は自制心を取り戻し、その後の行為を拒んだかもしれない。しかし暗闇が、陶然とした蜜の感覚に香菜を封じ込めていた。

直矢が、二つの乳房を抱き込むようにつかんだ。乳首がそそり勃つのが、香菜にははっきりと感じられた。直矢は両方の乳首をやんわりとつまみ、ふよふよ、とひねる。今度は乳首がとろけるような快感が、香菜を見舞った。

「あっ、直矢！」

香菜は直矢の腕に手を添わせ、大きくのけぞった。その体位は乳首を厳しくそそり勃たせることになった。直矢は、くりくり、ふよふよと乳首をひねった。

「あっあ、直矢、いや……あっ、いやいや……」

「感じてるの？　乳首、気持ちいい？」

「いや……あ、あああ……いやいや……」

香菜は烈しくかぶりを振った。乳首から下腹部にかけて襲いかかってくる強い快感を受け止めるには、そうするしかなかった。

暗闇とはいえ、香菜のよがりざまは直矢にはまぎれもなく知れただろう。直矢は右の乳房を絞り上げ、突き勃った乳首にしゃぶりついた。

火傷でもするかという肉悦に香菜は翻弄された。香菜は直矢の頭を搔きいだき、胸を揺すり立てて叫んだ。

「あうーっ、直矢、あっあっ、気持ちいいっ!」

香菜の肉悦の訴えに、直矢は狂ったようになって応えた。乳房の半分までかぶりつき、忙《せわ》しない動作で何回も、乳暈と乳首をしゃぶり上げた。

「うっううーっ、アッ! あっ、あ〜ん、直矢直矢、感じるよお。あっ、お姉ちゃん、おっぱい、感じるよおーっ!」

喜悦の声を上げつづける香菜は、直矢の背中を搔きむしり、内腿をよじり込んで身悶えた。すり合わせられるパジャマの股間が、お湯を浴びせられたようになっている。熱だけではなかった。湿り気がすごい。

直矢は右の乳首をしゃぶりながら、左の乳首を揉み、ひねり、ころがしていた。その手が下に這っていき、すぐに香菜のパジャマのズボンに入り込んだ。

よじり合わせている内腿のすぐ上に直矢の手が入ってきたことは、香菜にはわかった。だが今や、拒む、という意識はなかった。これからどうなる、という意識もなかった。

あるのはただ、お湯をかけられたようになっているソコを何とかしてほしい、という思いだけだった。何とかしてくれなくては、体の収まりがつかない。

こんもりと膨らんだ陰阜を、直矢の指が這い回った。性の柔毛を、さわさわと掻き撫でた。撫でながら指は陰阜を下がり、ついにわれめに達した。

指先がわれめに侵入した。侵入したかどうかで、しこり勃った肉のうねに触った。

香菜は恥骨をせり上げてわななき震えた。

「やだっやだっ、そこ、駄目っ」

「なんで？　香菜姉ちゃん、ここ、好きでしょ」

乳房から顔を浮かして直矢が言った。「ここ」と言うとき、肉のうねを強くこすった。

「アアッ、直矢、駄目だって。感じすぎるもの」

「いいじゃない。もっと感じれば」

「あ、ああん、そこ……いや。なんかいつもと違うの」

香菜は言った。

偽らざる気持ちだった。暗い部屋、自分のベッドでしているからなのか、脱衣場でそそくさとしてきた今までは感じたことのない、深みと幅のある快感に香菜は翻弄されていた。

あるいは、自分だけの問題ではないのかもしれなかった。母の目を気にせずにできるということで、直矢こそいつもとは違った気分でいるはずだった。そんな直矢の解放された気持ちが伝わり、自分も烈しい昂りを感じていたのかもしれなかった。

「何が違うの？　ここの感じ方とかが？」

過敏に硬直したクリトリスを、二本の指が挟んだ。包皮が剝かれ、香菜は研ぎ澄まされた感覚に撃たれた。バイブレーションを起こしたような痺れが、クリトリスの根元にまで襲いかかった。

「うぐっ……あ……あーあー、変……あ、うーうー、ううう……直矢、それ……それ、変……」

香菜は目一杯背をそらし、うねうねと腰を揺らめかせた。乳房への愛撫をもうやめている直矢は起き上がり、シーツから浮いた香菜の腰に手を差し込んで支えた。

尾骨と恥骨を挟み撃ちにされ、香菜は目もくらむ喜悦に包まれた。恥骨にあてがわれている手のひらが、恐ろしく随喜感を高める。尾骨を押し上げられ、その感覚はいよいよ明瞭になった。

（あああ……すごい……これって、すごい……ああ、あたし、あたし、変になる……）

汗ばんだ直矢の指と手のひらを内腿で挟み込むようにして、くいくい、と香菜は恥骨を上下させた。

3

めくるめく香菜の喜悦の様は、直矢をいたく刺激したようだった。声をかすれさせ、うわずらせて、直矢は言った。

「何がどう、変なの？」

「………」

香菜は、答えられなかった。突き上げた恥骨、力を入れてせばめている内腿を、快楽におののかせただけだった。

クリトリスを挟み込んでいる直矢の二本の指が、根元まで滑ったからだった。首根っこを押さえつけられているような感じだった。息をするのもつらい。その分、肉悦は極まり切っている。

二本の指が動いた。肉の突起の包皮が、ぬちぬちと上下した。火花が散るような快感に香菜は見舞われた。香菜は恥骨を烈しく波打たせて喜悦に呻いた。

「あううっ、はあ～～っ！」

「ここがいいの？　すごく感じるの？」

「あうう━っ、アッ……はうっ、うっ、う～っ、うう～っ」

「ねえ、感じるの？　クリトリス？」

「っかっ……っかっ……」

喉をひきつらせて香菜は答えた。しかし、言葉の体はなしていない。直矢は執拗に訊いた。

「感じてるんでしょ？　そうならちゃんと言ってみて」

「……感じて……る……」

息も絶え絶えに香菜は答えた。その事実を口にしたとたん、快感は急激に極まり、恐ろしいほどの痙攣が生じた。

いつもの絶頂の何倍もの快感だったし、痙攣でもあった。しかし、「行き着いた」

という感覚には届かないように香菜は感じた。深みと幅を増した快感は、絶頂の奥行きというか、高さもまた、今までの比ではないのかもしれなかった。

二本指を小刻みに上下させながら、直矢が上ずった声で言った。

「口でしようか。ねえ、口で」

「いや」

香菜は即座に返答した。怖い、という意識があった。

指でいじられているだけでこんななのだ。口でなんてされたら、どんなことになるかわからない。とんでもない深みにはまって、引き返すことができなくなるかもしれない。そんな自分が、怖い。

しかし、即答した香菜に劣らない速さで直矢は香菜のパジャマのズボンとショーツをむしり下ろし、香菜の膝を立てさせた。

香菜は秘部に両手を当てて、拒絶のしぐさを見せた。が、立てた香菜の膝の下から直矢が器用に頭をくぐらせてくると、秘部の手を直矢の頭に乗せた。それはもはや、拒絶ではなかった。

「直矢、いや……怖いわ……」

そんな言葉とは裏腹に、香菜は直矢の頭をやさしくまさぐり、愛を示した。しなやかで香菜が大好きな髪を、櫛で梳くように撫でさすった。

直矢は何とも答えなかった。直矢は肩をもぞつかせて、後頭部で邪魔をしている香菜のパジャマとショーツを、立てた膝のほうに押し上げた。熱風のような息が、恥丘を掃きなぶった。

その直後、クリトリスに嵐の快感が渦巻いた。直矢は唇を、べっとりとつけている。クリトリス全体に、てろりとした粘膜が感じられた。

ちっぽけなクリトリスに唇をかぶせられているだけというのに、総身が緊縛されているような不自由さと、そのことが元になっての狂おしい肉悦を香菜は意識した。

「あ、直矢っ、アアア!」

香菜は全部の指を直矢の頭に突き立て、乱暴にきむしった。

体の反応は、それよりも腰に大きく現れた。香菜は直矢の顔を恥骨で押し上げ、高々と腰をせり出した。香菜の腰の下に、直矢はまた手を差し込んだ。

恥骨が、これでもかとばかりにせり上がった。直矢の頭にずらされて、パジャマとショーツは膝の下にまで滑っていっている。香菜の内腿は、広く開いていた。

直矢は、恥肉を丸ごと咬み込むように食らいついた。恥骨の上端の春草の芽生えかられめの下端まで、がっぷりと。

下腹部全体に響く重々しい衝動が、香菜を撃った。衝動の波は一点に収斂した。過敏この上なく硬直している淫核にだった。プチプチとはじけるような感覚が淫核を襲った。

「あ、あ、あ、直矢、死ぬ！」

思わず香菜は口走っていた。「死ぬ」とは、言おうとして口にした言葉ではなかった。そんな言葉など、考えてもいなかった。

考えることなく口から迸った「死ぬ」という言葉は、しかし今の香菜の肉欲の悦びをいかんなく表しているといって過言ではなかった。

事実、自分の耳でその言葉を聞いた香菜は、煮えたぎるような感激を覚えた。それが、今のあたしだ、と思った。

「直矢、直矢、そこ、そうやってされたら、あたし、死ぬ」

香菜は、今度は意識してその言葉を口にした。だが、心のすべてを吐露したというわけでもなかった。「そこ」というのは、今、直矢が食らいついているところをそっくり指しているのではなかったからだ。

しかし禁断の痴戯にまっしぐらに向かっている姉と弟。直矢は香菜の心の奥底に確実に感応しているようだった。

直矢は唇の力をゆるめた。そのせいで唇の包囲網がせばまった。唇から舌が突き出た。舌先が淫裂をうがつ。肉襞をこそぐようにくじり上がった。小さな花弁をえぐり割った。そして舌先は、しこり勃ち、愛撫を待ち受けている肉の突起に達した。

「あ〜〜、直矢直矢、死ぬ……あー、あたし、死ぬよお」

襲いかかった甘美すぎる電流に四肢をわななかせ、香菜は泣き声を上げた。直矢は香菜のお尻の下に両手をしっかりとあてがい、腰を浮かさせた。香菜は骨盤がきしむほど高く恥骨をかかげた。

クリトリスがはじき上げられた。横なぶりされた。さっきの口づけでの舌同士の戯れのように、くるくるとなぞられた。充血したクリトリスは、またはじき上げられ、横なぶりされ、圧迫された。

「死ぬっ死ぬっ、あああ、直矢、あたし死ぬ……いーいー、死ぬよお」

香菜は痴悦の坩堝《るつぼ》の真っ只中。声をかぎりに歓喜を訴え、脚をばたつかせて悶え狂った。

パジャマとショーツは、足首にまでずり下がっていた。ズボンから右足が抜けた。香菜はショーツの右側を抜いた。信じられない解放感を香菜は感じた。香菜は両脚を乱暴なまでに広げて踏ん張り、直矢の頭を押さえ込んで恥骨を上下させた。

直矢の頭が下に滑った。舌は突き出されたままだった。舌先が恥肉をうがち、縦横に躍った。粘っこい感覚を香菜は覚えていた。それと同じ感覚が、お尻の穴のところにもあった。唾液とは違う感触だった。愛液がそこまで流れているのを、香菜は知った。

「直矢、あああ、あたし、変……あーあー、変よお」

香菜はいっそう烈しく腰を弾ませた。直矢が、香菜のお尻にあてがっていた両手を前に戻した。弾む香菜の腰に戸惑ったような感じで、直矢は恥肉を剝き開いた。

クリトリスがそそり勃った。クリトリスへの舌なぶりが再開された。が、前のとは異なったやり方だった。

直矢は、剝き開いた恥肉を互い違いに上下させたり、平坦になるまで押し広げたり、ぬちゃぬちゃという音を奏でさせて開閉したりを、ごちゃ混ぜにしてきたのだった。

「あっあー、直矢、やーらしい。あ、あ、やらしいやらしい」

うわごとのように香菜はわめいた。暗闇での淫行。見えない中での口淫と指戯とに、否応なく快楽は極まっていく。

「あたし……あたし、する……」

思い切り淫らな直矢の指戯に誘発され、香菜はうわごとのつづきのように言って、両手を自身の恥部に這わせた。指が、ねっとりとした直矢の指とからまり合った。直矢の指はすぐに香菜の指を受け入れた。

直矢がしていたように、香菜はみずから恥肉を掻き狂った。淫核をなぶる直矢の舌が、縦横に歪み開閉する恥唇から時としてはずれ、香菜の指を舐めた。恥肉は濡れている。香菜の指も時として上に滑り、横にはずれ、躍る舌をなぞったりする。

それがまた、めくるめく官能をいやが上にも高めていった。今や直矢は、舌で恥唇をねぶるだけではなかった。舌でクリトリスを蹂躙するだけでもなかった。鼻も頬も何もかも動員して、香菜の秘所に愛の攻撃を浴びせている。

香菜にしても、事は同じだった。香菜の手指は自ら恥肉を愛撫することを超え、直矢の顔をつかってオナニーでもするように、花蜜溢れ、恥香放つ十九歳の性器を直矢の口にこねくりつけていた。

愛撫の仕事を香菜に譲った直矢の指は、今、秘芯の奥に差し込まれていた。粘膜の内部は、まるでそこが射精でもしたかのように、どろどろになっていた。

直矢は両手の指で、分厚く、乳房の何倍も弾力があるように感じられる果肉をくじった。香菜は直矢の頭を引きつけた。顎に押されて、指が秘口に触れた。

「んっ、くう〜〜っ！」

総身をわななかせ、香菜は喜悦の叫びを張り上げた。直矢の指が、秘口の周囲をなぞり回した。指先が中に入ってきた。入口が攪拌《かくはん》された。

「んく～っ、んっん！　ん～～、あっあっあ……！」

金色の火花が目の前いっぱいに散りばめられるのを香菜は感じた。無尽蔵とも思える火花が、体を一色に染めた。

恐ろしい弾み方で体が躍り狂っているのを香菜は知った。目は、たぶん、見開かれていた。いや、きつくきつくつぶっているのかもしれなかった。

知覚されているのは、めくるめく金色。が、同時に、真っ暗闇とも感じられた。金色と暗闇とがない交ぜになったと思った時、香菜の意識は途絶えた――。

4

ひたひたと、頬が叩かれていた。愛撫するような叩き方だ。べつに、香奈を起こそうとしてやっているような感じでもない。

かなり長いこと、そうされていたらしい。意識が戻った時、十回も二十回も叩かれていたような感覚が頬にあった。

閉じた瞼には真っ赤な色が見えている。直矢が電気をつけたんだな、と香菜は思った。裸にはされていない。今までと同じ格好をしている。その、はずだ。

電気がつけられていることを知っても、香菜は目を開けることができなかった。意識は戻っているのに、指一本動かせない感じだ。

(何でなの……)

自分に問いながら、香菜は体を動かそうとした。しかし、動かない。心と体とがバラバラになっているような気もする。

「死んじゃったの？　生き返ってよ、香菜姉ちゃん。これからじゃない」

そう言ってまた直矢は、香菜の頬をひたひたと叩いた。ねっとりしたものが、頬をのたくった。指で叩いているのではないようだ。

目を開いた。長大にそそり勃ったものが、目のすぐ上にあった。

亀頭を真っ赤に発色させた肉幹をそそり勃たせている直矢は、すでに全裸になっていた。香菜は、電気をつけられる前からパジャマのズボンとショーツを抜き取られていたが、パジャマの服はまだ脱がされていなかった。

「直矢、駄目よ。ね？」

香菜ははだけられたパジャマの服を掻き合わせ、胸から恥部までを隠した。が、体が何かおかしい。自分の体であって、自分の体ではないようだ。絶頂の余韻なのか、ふわふわと雲の上にでも漂っているような感じでもある。

「駄目って、何が?」

直矢が香菜の上に身を乗り出した。真っ赤なホオズキのような亀頭から先走りの粘液が垂れ、香菜の右の腕に滴った。

(直矢、本気なんだ……)

香菜はその感を強くした。最後の行為だけは、絶対拒まなければならない。香菜は上体を起こそうとしたが、体は重ったるい。ベッドの頭のほうにずり上がった。パジャマの裾を押さえている香菜の手を、直矢がつかんだ。直矢の目は、とがって吊り上がっている。いつものやさしい直矢とは別人のようだ。

「直矢、なんか怖いよ」

「怖いことなんてないって。誰でもやってることだもん。ね?」

〝怖い〟の意味を取り違えて直矢が言った。吊り上がった目はさらにきつさを増した。いよいよその気になっている。

「ね、よそうよ。お母さんが来たりしたらどうするの」

「来ないよ」

短く言って、直矢は香菜の手を肉幹に触らせた。香菜はすがりつきたい気持ちになった。自分から、両手の指を巻きつけた。

「直矢のこれ、手と口でしてあげる。いつもみたいに。それ以上は駄目。ね、いいでしょ？」

「よくない」

直矢は香菜を起こしてパジャマの肩を抜いた。肉幹から香菜の手を離させ、パジャマを脱がした。そうしてまた、香菜を仰向けに寝かせた。無駄のない動きだった。そのことでも直矢の決意は知れた。

「さっきみたいに口でしてあげるから。いっぱいしてあげる。口の中に何回出してもいいわ」

「口はもういいよ」

直矢は恥肉に指をくじり込ませてきた。

「あん。やめてよ」

香菜は直矢の手を押し下げ、這いずって逃げようとした。体はまだ妙な感じだったが、そんなことは言っていられなかった。背を丸めて横向きになり逃れようとした香菜に、直矢はのしかかった。香菜は語調を強めた。

「お母さんに言ってやるから」

「またそんな。言えっこないくせに」

「言えるもん。言ってやるわ」

しかし香菜は、唇をかみ締めた。

母に、どう言えばいいのか。直矢にセックスされそうになったと訴えればすむのか。もしそんなことを言ったら、いろんなことを訊かれるに決まっている。今日、突然のこととは絶対に思わないだろう。

風呂場でのことを、根掘り葉掘り訊かれることになるだろう。自分がしてきたこと、されてきたことを、洗いざらいしゃべらなくてはならなくなるのではないか。

真実かどうかを確かめるために、母は直矢を同席させるに違いない。そうなると、自分が感じてしまったことも告白しなければならなくなるかもしれない。

『それはね、香菜、直矢が香菜のことを襲ったというより、香菜が直矢を誘惑したと取られてもしかたないわよ』

仮に母がそんなことを言ってきたら、自分は母を納得させられるだろうか。少なくとも今のこの状況を母に告げられたら、同罪だと言われても返す言葉はない。

直矢は香菜の胸の内を見透かしたように勝ち誇った顔になると、体をかがめた香菜の秘部に手を差し込み、濡れ潤んだ恥芯に指を差し込んできた。

香菜は内腿を力ませ、直矢の手を両手で押さえた。しかし内腿に力を入れても、大した意味はなかった。もう手は差し込まれていたからだ。つかんだのは手首と手の甲だった。それも、あまり意味がなった。

直矢は指を恥肉にくじり込ませ、ぬちゃぬちゃっと音を立てさせて攪拌した。直矢のやり方は、乳房を愛撫したり口淫してきたりした時とは全然違っていた。

何が何でも目的を遂げるという気迫が感じられた。事と場合によっては、殴ってきたりするかもしれなかった。

「直矢、怖いことはしないでね」

香菜は直矢が逆上しないようにと、直矢の手を押さえている手の力は、緩めた。

「怖いこと？　何で僕がそんなことをしなくちゃならないの。気持ちいいことをしようって言ってるじゃない」

「でも、しちゃいけないことなのよ」

「何白々しいこと言ってるの。何年も前からしてきてるのに」

「そういうことと違うでしょ。姉弟でこういうことをしてはいけないわ。ね、お願い。口でなら、いくらでもしてあげるから」

「それはそれでありがたいけどさ」

直矢が鼻で笑った。息が香菜のうなじにかかった。いつもの直矢とは別人のようなのを、また香菜は感じた。

(直矢、今日はケダモノだわ)

その思いが恐怖を煽った。香菜は直矢の手を押し離そうとした。ケダモノを具現したように、直矢は香菜の体を封じ込めてきた。

「いやっ、やだ！　やっぱりお母さんに言ってやるわっ」

香菜は手足を無茶苦茶に暴れさせた。直矢はひきつった形相で押さえつけようとする。香菜は必死に抵抗した。しかし香菜が防御しているのは体の前だけだった。

膝をおなかにくっつけた格好で、お尻を剥き出しにしていた。さらに今は、体が横向きになっていた。恥芯に深々と、指が差し込まれた。膣口の少し前のほうだった。性粘膜に爪が突き刺さった。

「ひぃ～～っ！」

香菜は弓なりになってベッドを転げ回った。うつ伏せになった時、体を押さえ込まれた。直矢が、内腿に膝を割り込ませようとしている。香菜は思い切り腿に力を入れた。だが、皮膚を剥ぐようにして膝は割り込んできた。

「やめてよおー。直矢ぁ、ねえっ、やめてよおっ」

香菜は泣いてしまった。

「股、開きなよ。いいでしょ？」

興奮の中にも、直矢の声は冷静でもある。底知れぬ意志を香菜は感じた。性粘膜に傷がつきそうな感覚があった。それでも香菜は股を開かなかった。しかし直矢の膝は、香菜の腿の間に着実に潜り込んでいた。

指が、秘口を探った。

「ここだよ、ここ。ここに入れさせて」

「だっ、駄目……」

香菜は逃れようと、目一杯背を反らした。指が粘膜を引っ掻いた。

「いっ、痛っ……！」

香菜は負けて力を抜いた。もう息も絶え絶え。抵抗する気は失せた。涙が溢れている。

「何もこんな乱暴なことをしようと思って来たんじゃないだけど。予定外だね」

直矢は香菜を仰向けにした。泣き濡れた顔をひくりひくりと痙攣させ、香菜は半分人形のような様で肢体をさらした。

淡く芽吹いた春草を頂くビーナスの丘は、こんもりと膨らんでいる。直矢は股を大きく広げさせた。白い肉まんじゅうは薄桃色の切れ込みを見せ、可憐な肉襞を覗かせた。恥芯下部に、蹂躙された痕が生々しくついている。

「ごめんね、香菜姉ちゃん。痛かった？」

「直矢、もう許して」

「ううん。それとこれとは別」

直矢は肉襞をめくった。

小陰唇の襞は鮮やかなピンク色の内粘膜を見せて花開いた。水っぽい少女の愛液がまだ残っている。甘ったるい匂いが直矢の鼻腔を撃った。肉柱がいななき震えた。

果肉の下側を剝き開いた。指でこすられた秘口周辺は赤々と色を濃くしている。秘口のすぐ奥には、うにょうにょとした襞の塊が見える。それが処女膜なのだろうか。

肉柱が大きく脈動した。先走り液が一滴、二滴、三滴、ピンクのシーツに滴《したた》った。精嚢《せいのう》が絞り込まれるような、痛みにも似た快感を直矢は覚えた。

「いやよ……」

あえかな声で香菜は言った。泣き濡れた目から新たに涙が溢れ上がり、両目尻から伝い流れた。

「いや……。ねえ、直矢、やめましょ」

「やめない。香菜姉ちゃんとするために来たんだから」

直矢は体を合わせていった。幼い恥肉を亀頭がうがった。

「やあだあ!」

香菜は手をばたつかせ、直矢の体を押しやろうとした。その手が直矢の頬を叩いた。

「何すんのさ」

直矢が目を尖らせた。

「ごめん。当たっただけ。叩いたんじゃない。痛かった?」

「痛くはなかったけど」

言いながら直矢は、紫色に発色した亀頭を秘口にあてがった。

（もう駄目）

香菜は観念した。こうなったら、なるに任せるよりない。香菜は顔を覆い、弓なりにのけぞった。

肉の凹みに亀頭が埋まった。体の芯に、ぐぐっと来た。

亀頭は先っぽが埋まっただけで、挿入はしない。直矢は腰をたわませ、渾身の力で送った。亀頭の先が隠れた。が、亀頭冠はまだ出ている。直矢は香菜の肩をかかえ込み、闇雲に突きまくった。

「いっ、痛っ、痛いっ！」

香菜は悲鳴を上げた。直矢は構わず突きまくった。

ぬちっ！　という手応えがあった。

「ひぃ〜〜っ、痛っ痛っ、やめてぇ！」

香菜は顔から手を離し、直矢の背中を叩いて訴えた。脚もばたつかせた。が、脚はすぐに動きを止めなければならなかった。脚を動かすのは、膣襞を裂かれる激痛を強めるだけだった。

ぬちぬち、と亀頭冠は埋没した。埋没してしまうと、あとは意外となめらかに入っていった。といっても、根元まで挿し込むことはできなかった。滑りが、いまひとつ足りないのだった。

直矢は亀頭冠が顔を出すところまで引いた。

「うっうっ、動かないで……」

背中に爪を食い込ませて香菜は哀訴した。しかし直矢は耳も貸さない。小さく抜き挿しした。裂けたばかりの傷口を、出っ張った亀頭冠が押し広げた。

直矢はずっぷと挿し貫いた。どういうわけか滑りのよくなった蜜壺に、肉砲は深々とはまっていった。

「あああ……あ……」

肩を抱き込まれている香菜は、窮屈そうに胸をうねり上げた。直矢の背中に爪を立てていた手の力が抜け、両手はだらりとベッドに落ちた。

凌辱が完遂したのを直矢は知った。しかし、こんなふうにはやりたくなかった。

風呂場でのフェラチオのつづき、さっきのクンニリングスのつづきとして、自然の流れでできると思ったし、そういう形で互いに初体験をしたかった。

だが、こうなってしまったものは仕方がない。あれだけのことをしておきながらセックスを拒んだ香菜のほうが、悪いのではないか。

直矢はぐったりとした香菜の体を抱き締め、力強い抜き挿しを始めた。

つい今まで精一杯体をこわばらせて抵抗していた香菜の肉体は、とろけるほどに柔らかかった。その柔らかさの中でも、肉幹が丸ごとはまっている膣肉は、たとえようのない柔らかさだった。

(ううう、あ……気持ち、いい……)

直矢は思いのままに肉幹を出し入れした。が、柔らかすぎるほど柔らかいと感じた膣肉は、それにもまして強い弾力を持っていた。

香菜が指を巻きつけてシコシコとしごくのより、ずっと強烈だ。挿し込むときは亀頭がきつく絞られ、引くときは抜けていくのを拒否するかのように、ねっとりと締まる。言葉にならない快感が直矢を唸らせた。

(あー、で……出ちゃう……)

直矢が爆発寸前を自覚したのは、抜き挿しを始めてまだ二十秒とたっていなかったのではないか。直矢は堪えようとした。しかし、堪える術はなかった。

(ううっ、イッ、イクッ……!)

人形のようにおとなしい香菜の体を抱き締め、直矢は怒濤の勢いで射出した。

処女を散らされた激痛で感覚が麻痺し、力が抜けたかのようにぐったりしていた香菜は、直矢が射精を始めてすぐ、意識が元に戻った。

「えっ、あっ、いやっ！」

腰を痙攣させて射出している直矢を突き上げ、跳ね飛ばして香菜は暴れた。直矢は慌てて香菜を押さえつけようとしたが、射精の真っ最中では力も出なかった。しがみつこうとする直矢を振りほどいて香菜は逃げた。

「ちょっと！」

脈動する肉柱からなおも白濁液を飛び散らせながら、直矢は香菜の足首をつかんだ。ベッドから離れる寸前だった香菜は、足首をつかまれて逆さ吊りになった。

直矢は香菜の脚一本をたぐり寄せてベッドに引き上げた。香菜はカエルのように脚をばたつかせた。直矢は香菜の背中におおいかぶさって動きを封じた。

「どこに出してるのよ。中になんて駄目じゃない」

香菜はベッドに突っ伏し、体を丸めて非難した。

「何言ってるのさ。ちょうどいいとこだったのに」

「怖いこととか痛いこととか、もうしないで」

「何もしてないじゃない。香菜姉ちゃんも気持ちよくなればいいだけの話でしょ」

「いつもしてることとは違うでしょうよ。して、いいこととそうじゃないことがあるって、わかるでしょ？　子供じゃないんだから」

香菜は肩を震わせてすすり泣いた。直矢は無視し、香菜のおなかに手を差し込んでお尻を浮かせた。わずかに桃色を溶かした白桃のようなお尻が、二度目の凌辱を感じたか、きつく縮こまった。

「力を入れたり抵抗したりするから、痛くもあるんでしょ。力を抜けばすぐ気持ちよくなるから。ね？　どうせするんだから、一緒に楽しもうよ」

やさしく言って、直矢は後ろから迫った。

肉幹はいささかも衰えることなく聳《そび》え勃ち、亀頭を赤紫色に発色させている。直矢自身の感覚としてもそうだったが、射精は途中だったのだろう。

ウエストをかかえ込み、尻肉に勃起を差し込んだ。亀頭が、後ろのすぼまりをこすった。香菜はビクッと体を弾ませた。

「無茶なこと、しないでね」

「しないしない。だから安心して」

直矢は亀頭で膣口を探った。

亀頭の上の部分がが恥芯にはまっているのはわかるが、膣にはうまく入っていかない。膣口と思われるところに亀頭を押し当てて突き上げてみても、前に滑っていったり鼠蹊《そけい》部にずれたりする。

「香菜姉ちゃん、手で入れて」

「何で」

「お尻の穴に入っちゃうかもしれないんだ。それでもいいの？」

「………」

香菜はもぞもぞと手を下に這わせてきた。華奢な指が亀頭の下べりにからんだ。亀頭が、秘口に押し当てられた。

「そのまま持ってて。いい？」

直矢はウエストをかかえ直して突き上げた。ぐぽっと、亀頭は潜った。

「うわあ！」

悲鳴とともに香菜は指を離し、それだけでなく逃れようとした。直矢は香菜の体を抱き締め、歯を食いしばって突きをくれた。肉柱はぬちぬちと没していった。

「いやっ、ア！　アァアッ！　いっ、痛いっ！」

香菜は万歳の格好をしてベッドに這いつくばり、シーツを掻きむしって悶え泣いた。

しかし悶えても泣いてもシーツをきむしって逃れようとしても、もう遅かった。肉柱は未開拓の膣肉に深々と挿し込まれ、さらに奥へと侵入していく。一度貫通された膣襞は、入ってしまうとあとは楽に入っていった。

「じっとしてて。うっ、おっ……おおっ、う〜っ」

目もくらむような快美感の坩堝で、直矢は今度は思う存分に抜き挿しすることができた。膝立ちになって後ろから挿し貫くという体位も、腰の動きには適していた。自由な動きで快感にひたっている直矢とは違い、大きな往復の杭打ちを浴びせられている香菜は苦痛のあまり、泣きながら這いつくばっていった。

膝立ちになっている直矢も、香菜の体に誘われるように体を低めていった。その体位に不満を感じなかったのは、丸々と肉づいたお尻のクッションに下腹部と腿がぶち当たる心地よさが、何とも堪らなかったからだ。

「香菜姉ちゃん、あっあっ、気持ちいい。香菜姉ちゃんのここは最高だよ。僕、絶対そうだって思ってたんだ」

苦しいとさえいえる肉欲に喘ぎ喘ぎ、直矢は言った。

香菜はシーツをわしづかみして身悶え、一秒でも早く嵐が過ぎ去ってくれることを願ってすすり泣いている。

直矢に組み敷かれて身悶える香菜の様は、傍目には快楽にむせび泣いているとも見えた。

母の早智子《さちこ》が、ドアの隙間から覗き見ていた。深窓の令嬢がそのまま成人したかという美貌は今、怒りにひきつっていた。

(許せないわ。絶対許さない)

夫・熊井徳治《くまいとくじ》の連れ子――というよりは養女である香菜が、息子の直矢をたぶらかしている。ただじゃおかないわと早智子が歯ぎしりしているのは、この光景を途中から見たからだった。

最初から見ていれば、香菜を襲った直矢を叱っただろう。もっとも、その意味合いは普通とは異なるものであっただろうが。

早智子が部屋に踏み込んでいかないのは、直矢の心を傷つけたくないと思ってのことだった。

幼稚園、小学校の時から美少年の名をほしいままにしている直矢が、とにかく可愛い。可愛くて堪らない。高校一年の今でも、目に入れてもという思いでいる。こんな場面に踏み込んでいくことで、愛する直矢の心を傷つけたくない。

(直矢をケダモノのセックスに誘うなんて。鬼の子は鬼なのよね。いいこと？　見てらっしゃい。必ず思い知らせてやるから)

美貌を般若のように歪め、目を尖らせて早智子は覗きつづけた。

直矢に後ろから組み敷かれて腰をつかわれている香菜は、さめざめと泣いている。すべてを諦めてしまったか。この責任は自分にもあると、観念したか。

直矢が律動を速めた。そしてすぐ、引き締まった尻肉は荒々しい痙攣を起こした。体内に射精されても、もはや香菜に非難する言葉はない——。

第三章　美母の誘惑

1

翌木曜の夕刻、早智子は雪白の美貌を厳しい般若顔に緊張させ、香菜が大学から帰ってくるのを今や遅しと待っていた。

（絶対許さない。何もかも白状させてやる）

決意のその言葉を、朝から何度繰り返したかわからない。

朝は香菜に普通に接し、大学に送り出した。夫の徳治も家にいたし、直矢もいた。夫はともかく、溺愛している直矢のいるところでゴタゴタを起こしたくなかった。

直矢がまだ帰ってこないうちに香菜の非行を責め、洗いざらい話させてしまおうと早智子は思っていた。

今日しかない。香菜は直矢より帰宅が早いはずの日だし、明日金曜は高校三年の絵《え》美《み》が寄宿舎から帰ってくる。日曜の夕方には絵美は寄宿舎に戻るが、香菜を責めるのは土日は無理だろう。月曜までは、とても待てない。

徳治が宝物のようにかわいがっているその娘の絵美の存在も、早智子は以前から憎々しく思っていた。

直矢の二つ上の絵美は、中高一貫教育のミッションスクールに通っている。成績に問題がなければ、来年、同じ学園の女子大か短大に入ることになるだろう。

絵美を全寮制の聖峰《せいほう》学園に入れたのは早智子の発案だった。明治時代からの名門の子女として育った早智子自身が通った学校だ。

徳治が宝物のように扱う絵美が家から出てくれれば、という思いだった。絵美に対する徳治の態度も気に食わなかったし、六年生になって日に日に女としての成長を見せはじめた絵美も鼻につきだしていた。

絵美は徳治の先妻の子だ。絵美が一歳になるかどうかで徳治は先妻を離縁し、早智子と再婚した。早智子が二十一のときだった。

わずか二十一歳で、早智子もまた再婚だった。聖峰学園短大二年のとき、早智子は時の大物代議士に見初められ、卒業と同時に結婚した。〝させられた〟と言ったほうが正しいが。

七十を過ぎた祖父のような男と結婚することになったのは、家の事情というものがあった。名門とはいえ要は没落貴族。結局は金のためだった。それはわかっていたが、厳格な両親の前で、早智子は何も言うことができなかった。

しかしあっさりと解放された。結婚して丸一年も経たないうちに、夫が他界してくれたからだ。表立って取り沙汰はされなかったが、早智子を上にして営みをしている最中での死だった。

ところが解放の時間はわずかなものだった。亡き夫とカネがらみでつながりのあった徳治が再婚を申し込んできたのだった。両親に、説得されるというよりは命じられて、早智子は再婚した。億という金が積まれたのは、早智子も知っている。

まだ二十一という若さなのにもかかわらず、早智子はすでに人生をあきらめた気持ちになっていた。会社役員という肩書きだけで、財力も社会的実権も持たない父の家に生まれた女の運命だと思った。

カネで娶《めと》られた自分に明日の希望はなく、むろん新しい夫を愛しているわけでもなく、徳治が養女として養っていた三歳の香菜と、徳治の子である一歳の絵美の世話に明け暮れた。

徳治は徳治で、目論見がはずれたと思っているフシがあった。財力が男の魅力とでも思っていたのだろう。最初のうちはふんぞり返らんばかりの態度を取っていたのが、一緒に暮らしてみて、「格式」の違いを実感したのか、次第に態度は小さくなり、「早智子」「おまえ」と呼んでいたのが、いつしか「早智子さん」と呼ぶようになった。

早智子に対する徳治の肉欲は衰えることがなかったが、フェラチオひとつしない早智子に強く命じることもできず、鬱屈していくのが手に取るようにわかった。楽しい家庭とは嘘でもいえないのに徳治がじっと耐えているのは、いつか自分の思いどおりにと思っているからだったろう。

早智子の心が晴れたのは、直矢を産んでからだった。心は晴れ渡り、輝くばかりの希望に包まれた。かつてない幸せを感じもした。

手のかかる年の近い三人の子供を育てるのも、苦にならなかった。どんなにつらいことでも直矢の笑顔が払拭《ふっしょく》してくれた。直矢をどのように育てようか、どういう教育をしてどういう学校に入れようかと、早智子は夢を膨らませて毎日を過ごしたのだった。

それは、昨夜までは事実だった——。

2

「ただいまー」

今朝の出がけもそうだったが、直矢との淫行のことなど微塵も感じさせない明るい声を出して、香菜が帰ってきた。

「香菜、ちょっとこっちに来て」

早智子はリビングから顔を出し、いつものようには「おかえり」の言葉もなく言った。怪訝そうな顔をして香菜はリビングに入ってきた。ピンクのチュニックの胸が、誇らしげに突き出している。

（この体で直矢のことを誘惑したんだわ）

香菜が直矢に組み敷かれて腰をつかわれていた光景を思い出し、早智子は怒りに震えた。

「ここに座りなさい」

ソファを示した。いつもとは異なる早智子の口調に、香菜はぽかんとした顔で早智子を見つめている。

「聞こえてるの？　座るのよ！」

早智子は香菜の体を邪険に押した。香菜はころがるようにしてソファに落ちた。

「お母さん。どうしたの」

「それを言いたいのは、あたしのほうよ」

「どういうこと？　何かあったの？」

「しらばっくれるんじゃないの。自分の胸に訊いてみればわかるでしょ」

「そんなこと言ったって、わからないわ。何を訊けばいいの」

大きな瞳を哀しくさせ、香菜は小さな声で言った。

「昨日、あんた、何をしたの」

香菜の前に仁王立ちになって早智子は言った。

「昨日って……」

香菜の目の周りが、さっと紅潮した。もう、わかったのだ。当然だろう。紅潮は瞬時に顔全体に広がった。

「言ってみなさい。昨日……昨夜、何をしたのか。あんたの部屋でよ。あんた一人でじゃないわよ」

声を震わせて早智子は言った。淡い栗色に染めた柔らかいミディアムの髪に囲われた顔は、白いというよりは血の気がない。目が吊り上がった美貌は、一回り小さくなったように見える。

「……直矢とのこと？」

「それ以外に何かあるの」

きつい目つきで問い詰める早智子に香菜は、小さくなってうつむきながら、直矢が香菜の部屋に来て、無理やり抱きついてきた、早智子を呼ぼうとしたが呼ぶことができなかったと、正直に答えた。

「嘘つき！」

早智子は罵倒した。

「ほんとよ。あたし何も嘘なんか言ってないわ」

「あんたが直矢を誘ったに決まってるじゃない。淫乱女。人でなし。悪魔。そうよ、あんたは悪魔の子よ」

「何てこと言うの、お母さん……」

「あんたに気安くお母さんなんて呼ばれたくないけどね」

「…………」

香菜の顔にも体にも、悲しさが溢れた。自分が養女だということは、小さい時に教えられた。絵美も直矢も知っている。

「いつからああいうことをしてるの。正直におっしゃい」

「……昨日……」

最後の行為のことを、香菜は答えた。

「またそういう嘘を言う」

早智子が肩を乱暴に揺すった。香菜はソファから落ちそうになった。ミニスカートがまくれ上がり、真っ白なショーツを暴き見せた。早智子の手はそこに入っていき、秘部をむしり上げるようにつかんだ。

「キャッ、痛いっ！　何するのぉっ！」

「あんたはね、これでね、あたしの大事な直矢を誘惑したのよ」

逃げようともがく香菜を押さえつけ、早智子はショーツを剝き下ろした。白い陰阜に、春草が細い流れのように張りついている。

早智子は手荒くショーツを抜き取った。香菜は脚をばたつかせ、ソファを這って逃げようとしたが、早智子は香菜の体に覆いかぶさって動きを封じ、無理やり股を開かせた。

半泣きであらがい逃れようとする香菜は、腰から下を上向きにされた。楚々とした春草の白い恥丘は、ふっくらと盛り上がっている。

昨夜処女を散らされた薄桃色の切れ込みは、ぴたりと閉じ合わさっている。早智子は秘口に親指を突き刺し、傷も癒えない膣口をしたたかに掻き回した。

「いやーっ！」

香菜は下肢を痙攣させて絶叫した。香菜は早智子の手首をきつくつかんでいる。が、押し離すことはできない。生傷を掻き回される激痛に、つかんでいるだけで精一杯なのだった。

「あんたが、これで……これで……直矢のことを誘惑したのよ」

早智子は指を縦横に動かした。濡れてもいない果肉が、にちょにちょっと音を立てた。香菜は髪を乱して顔を振り立て、泣いた。早智子は親指を抜くと、今度は中指と薬指を突き刺した。

抜いた親指にはうっすらと、癒えていない傷口からの赤い体液が糸を引いている。直矢といつから男の女の関係を持っていたのかと詰問しながら、早智子は二本の指を深々と挿入して膣襞をえぐった。

赤い体液が滲んだ膣口が開き、きれいな桃色をした小陰唇と、もっと色の薄い肉のうねが暴き出た。

「このろくでなし！」

早智子は一方の手で肉のうねに爪を立てた。爪はクリトリスだけでなく小陰唇の内側にも食い込んだ。香菜はもはや大きい声を上げることも叶わず、顔面蒼白になって打ち震えている。

腿を狭めようとしても、膣奥深く指を挿し込んでいる手が邪魔をしている。腰を逃げさせようにも、クリトリスと小陰唇に爪を食い込ませられていては、身動きすらできないのだった。

正直に言わなければこうだよと、早智子は膣襞を爪で掻きくじり、クリトリスを爪でつねり上げた。自分が直矢のことを誘惑したかどうかより今の苦しみから逃れたくて、去年からだと香菜は泣きながら答えた。

早智子が指の動きを止めた。が、香菜の答えに納得したからというわけではなかった。表で自転車の音がした。いつもよりずっと早く、直矢が帰ってきたのだった。

早智子は取り乱した。直矢のいるところで面倒は起こしたくなかった。直矢自身のためによくない。しかし、どうしたものかと思っているうちに直矢は家に入ってきてしまった。早智子は腹を決めた。

この際、直矢の証言も借りて、香菜を居づらくさせたほうがいい。こんな女は、家から出ていってくれたほうがいい。邪魔だ。

玄関からまっすぐ自室に行こうとした直矢を早智子は呼び止めた。リビングのドアを開け、直矢は目を真ん丸にした。下半身裸にされて早智子に押さえつけられている香菜と早智子を、忙しく見比べている。

そんな直矢に早智子は言った。

「この子は直矢を誘惑したのよね。裸、見せびらかせたりして。ね、そうよね」

「直矢、お母さんにほんとのこと言って！」

「ママの言うとおりだよ」

事情を察した直矢はあっさりと答えた。もう、身の振り方は決めている。自分を溺愛している母がそう思っているのなら、それに乗ればいい。自分が咎められることはない。

早智子は満足した顔をして直矢のところに行き、紺のブレザーの制服の腕を取った。

昨夜香菜を犯した直矢は、表情を和ませて早智子に寄り添った。

奈落から解放された香菜だったが、自分に対する早智子の罵倒や不信、それに直矢の取った態度で体からは力が失せ、起き上がることもできない。

「あら、ごめん。ママ、汚れた手で直矢に触ってしまったわ。まあまあ、うっかりしてた。洗わなくっちゃ」

いそいそとした物腰で早智子はキッチンに入っていった。

「ねえ、ママ、僕が洗ってあげようか」

お追従笑いのように言って、直矢は早智子を追っていった。香菜は何も考えられない頭でソファに目を落としていた。

3

早智子の指に血がついているのを見た直矢が、キッチンではなく、洗面所で洗ったほうがいいのではないかと早智子に言った。二つ返事で早智子は答え、一緒にキッチンを出て洗面所に入った。

ご機嫌を取ろうと思っている直矢は水道を出し、除菌用の液体ソープを泡立てて早智子の手を洗いはじめた。白くてふっくらとした早智子の手に、直矢は性的な愛撫をしているような気がした。

それを感じていたのは直矢だけではなかった。指先を丹念にしごく直矢の洗い方に、早智子は腰の辺りがけだるく痺れるような感覚を覚えていた。

「くすぐったい……」

その感覚をそういう言葉で表現し、早智子は肩をすくめ、腕を縮かめた。早智子がそうしたことで、早智子の横で早智子の手を洗っていた直矢は、洗いづらくなった。

「だめだよ、ママ。ちゃんとしてなくちゃ洗えないじゃない。こうやってやったら洗いやすいかな」

直矢は早智子の後ろに回った。中学二年のころから直矢はぐんぐん身長が伸び、今は早智子より二十センチも高い。早智子の柔らかい栗色の髪が、直矢のあごの下にある。直矢は両手で早智子の体を囲い、早智子の頭の右側から前を覗くようにして、早智子の手を洗った。

ソフトピンクのシャツ一枚の早智子の体が、髪よりも柔らかく、ぬくぬくとした肉の感触を直矢に伝えた。直矢はまだ制服のブレザーを着たままだったが、何か、生の肌同士が触れ合っているような感じだった。

昨夜の香菜とのことで肌の感覚が敏感になっていて、そんなふうに感じるのかもしれないと直矢は思った。自分の心を隠すつもりで、直矢は早智子の手と指だけでなく、手首までも丁寧に洗った。

「やさしいのね、直矢って」

体をそっくり囲われている早智子が、顔をひねり上げて直矢を見た。口づけでもしそうな状態だ。きれいなカーブを見せた早智子の顎の下に、顔ほどもある二つの膨らみがある。シャツの首回りから、淡いバラ色のブラジャーのカップに押し上げられた白い乳房が覗いている。

下腹部にグッグッと来るものを、直矢は覚えた。肉体的な反応というよりもそれは、精神的な熱情のようなものだった。

直矢は早智子のこめかみに頬をそっと添わせた。こめかみはひんやりとした感触だったが、温もりを宿しているようにも感じられた。

「当たり前じゃないの。ママと僕なんだもん。ママの血を引いてるのは、僕だけなんだからさ」

香菜と絵美は両親を「お父さん」「お母さん」と呼んでいるが、早智子の希望で直矢だけ「パパ」「ママ」だった。

閉めたドアの近くに足音が迫ってきた。香菜だ。香菜の足音は速いリズムを刻んで階段を上がっていく。二階に上がった香菜が、自分の部屋に駆け込んでいく音が聞こえた。

「パパには言えないけれど、直矢がパパの血を引いてるとは、ママ、思えないの。ママ一人だけの子だと思ってる」

「僕もそんなふうに思ったりしたら、パパに怒られるかな」

「さあ、どうかしらね」

早智子は体を半分直矢に向け、しなだれかかるようにした。

直矢の腕に豊満な肉の塊が触った。下腹部に生じた熱情のようなものが、はっきりとした性感となった。直矢は、香菜を串刺しにしたものが、目を見張る勢いで張り詰めるのを感じた。

母がどうして昨夜のことを知ったのかは、知らない。香菜が母に言うことはあり得ないから、きっと香菜の部屋を覗いていたのだろう。

今となってはもう、そのことを考えることもなかった。自分は母に愛されるただ一人の子として生きていけばいい。母がすぐ上の姉の絵美を快く思っていないのは、ずっと前から知っている。姉たちのことは、どうでもいい。大事なのは自分だ。

きばりはじめたものが、大きく張り出した早智子のアイボリーホワイトのスカートの腰に当たった。直矢を見上げる早智子の上品な瞳が妖しく揺らぐのを、直矢は見た。

「ほら、ママ、ちゃんと洗わないと」

「ね、直矢、ちゃんと洗った？」

瞳の揺らぎを大きくして、早智子が言った。何のことを言っているのか、直矢にはわかった。

昨夜はあのあと、すぐ自分の部屋に戻った。今朝も、シャワーは浴びなかった。一日中、ペニスがねばねばした感じだった。いつもより早く帰ってきたのは、シャワーを浴びようと思ってのことだった。

「洗ったって、どこ」

「わかるでしょ」

「……ティッシュで拭いただけだけど」

直矢は母に詫びる気持ちで言った。

「病気になったりしたら、どうするの」

「……なる？」

「それはどうか、わからないけれど」

早智子は手の泡をさっと流してタオルで拭い、直矢のブレザーを脱がした。

直矢は棒立ちになって、早智子のするに任せた。

自分が子供に戻って母の世話を受けている、という気持ちが半分あったものの、香菜とのことを思い出したからとはいえ、母の肉体にペニスを勃たせはじめた自分が女としての母に身を委ねようとしていた。

ペニスを勃たせてしまったのを母に知られてしまうことに、ゾクゾクするような意識はあったが、恥ずかしいという思いとか、悪びれた気持ちとかいうものはなかった。それはたぶん、すでに自分は母に香菜とのセックスを見られてしまった、と思いがあるからだろう。

早智子がネクタイを取り、シャツを脱がした時、もう直矢は、早智子の手で素っ裸にされると思っていた。それが、少しも不自然でなく感じられた。香菜のカラダで汚された息子の体を母が清めるということが、ごく自然に受け取られた。

その思いどおり早智子は直矢のズボンを下げ、それからしゃがんで、突っ張ったブリーフを当たり前のように引き下ろした。八割方の勃起の肉幹が、早智子の目の前に弾んで飛び出した。

「ほら、やっぱり。臭うわ」

ブリーフを足首まで下ろしながら、早智子は直矢を見上げて言った。

早智子がことさら平静を装った顔をしているのが、直矢にはわかった。大きな瞳には潤みが揺れ、ミディアムの髪が割れた上品な丸い額は、明るいオーラが光っているように見える。

「だから、早く帰ってきたんだよ」

「早く帰ってきて、よかったわね」

自分に言い聞かせるような口ぶりで、早智子が言った。

4

靴下を脱がした早智子に促されて、全裸の直矢は浴室に入った。あとから入ってきた早智子が、床にバスマットを敷いた。早智子は初めからストッキングははいていなかった。シャツは、着たままだった。

「洗ってくれるんでしょ。服、濡れるよ」

「大丈夫よ」

やさしく艶然と笑って早智子はシャワーのコックをひねった。最初出てくる冷たい水を捨てて温度を手で測ってから、早智子は直矢の体に掛けてきた。

早智子の顔は平静なものだった。自分が勃たせているのを見ても我が子だから何とも思わないのかと、直矢は思った。そう思うと体の火照りは鎮まっていき、勃起も収まっていくように感じた。

直矢の胸と腹にさっとシャワーを掛けた早智子は、六割ぐらいになった勃起にしぶきを浴びせた。堪えることのできない性感に思わず直矢は腰を引き、早智子の腕を押さえた。しぶきが飛び散り、早智子のシャツのおなかを濡らした。

「あん、濡れちゃったじゃない」

「だから、濡れるって言ったじゃない」

「わざとしたでしょ」

早智子が、甘くきつい目で直矢を睨んだ。直矢は首を横に振って否定しながら、濡れた箇所を指で引っかいた。濡れた面積がたちどころに広がり、肌を透かし見せた。

「ほら、わざとやってる。いけない子ね」

濡れたシャツをちらりと見て、早智子はまた、ペニスにシャワーを掛けてきた。直矢には集中攻撃に思えた。亀頭が痛いくらいに感じ、たまらず腰を折って早智子の体にしがみついた。早智子の体はびしょ濡れになった。シャツを通して、ブラジャーが完全に浮き出した。

濡れたのだから脱いだらどうかと直矢は言おうとしたが、その前に早智子はしゃがみ、シャワーを止めてボディソープを直矢のおなかに塗りたくった。

早智子の白い手は、泡立った陰毛と肉幹の根元には触ったが、一番汚れている肉茎そのものには触らなかった。さすがに抵抗があるのだろうと、直矢は思った。

「あの、僕、自分で洗うよ」

「駄目。あんたにはまかせられない。あの子の汚れ、落とさなくちゃならないんだから。丸一日、汚れたままだったんでしょう？」

やさしさの中にトゲを含んだ声で言って、早智子は忙しく手を動かし、泡立てた。香菜のことを持ち出されて、直矢は黙った。そんな気持ちとは裏腹に、手首のところでときどきなぶるように触るその感触に、肉幹は雄々しくそそり勃っていった。

「こういうことも、してたのかしら」

顔を上げて早智子が言った。目にも、トゲがあるように見えた。透明感の強い桜色の唇が、今にも亀頭に触りそうだ。

直矢は小さくうなずいて認めた。いまさら否定してもはじまらないと思った。去年からしていたと香菜が言っていたと、早智子が言った。直矢はまた、小さくうなずいた。本当はもっとずっと前からだったが。

「ママ、悲しかった。直矢のことを見そこなったってまでは思わないけど」

「香菜姉ちゃんが、胸とか押しつけてきて、その気にさせたんだ」

「ん。わかってる」

早智子の両手が肉幹を包んだ。

うっ！　と呻きそうになって、直矢は早智子の両肩に手を乗せた。泡のせいというだけでなく、肉幹を包んだ早智子の手は昨夜の香菜の膣の何倍も気持ちよく感じられた。柔らかさというものの質が違っているようだった。

「香菜の中に、出したんでしょう」

肉幹の根元から先までを手に包み込み、早智子は言った。直矢は正直に認めた。

「もうこんなになってる。今日も誘われたら、するつもりだったんでしょ」

柔らかい手に、わずかに力が加わった。襲う快楽に直矢は歯を食いしばり、早智子の肩を強くつかんだ。

「ね、ママが気づかなかったら、またするつもりだったんでしょ」

「ママが誘ってくれないからじゃない」

「まっ……！」

早智子は目を真ん丸にし、唇をすぼめて白い頬をふっくらと膨らませて、直矢を睨んだ。

その表情と仕草で、すべて許されていると直矢は思った。直矢は早智子の肩から豊満な胸に手を這わせた。湿った直矢の手が、湿ったシャツの膨らみを覆った。

一方の手を肉幹から離し、早智子は直矢の手をやんわりと離させた。

「いいのよ、そんなに気をつかってくれなくても」

離れた手が、また肉幹に巻きついてきた。その顔や声のどこにも、トゲは感じられなかった。雪白の美貌には、うっすらと桜色が広がっている。輝くばかりにきれいで高貴な顔だった。

「香菜姉ちゃんがママの代わりだったたって僕が言ったら、ママ、嘘だって言う?」

「さあ、どうかしら」

顔をいっそう輝かせて早智子は直矢を見上げ、首を傾げた。柔らかい指がぬちょりと、肉幹をこねくった。亀頭冠に掛かっている指の妖しい動きに、直矢は快感の声を漏らした。

早智子はそれに気づかないように、くちゅりくちゅりっとこねくった。亀頭表面を万遍なく指は這い、湾曲した手のひらもまた亀頭をくるみ込むように動いた。

「あ、ママ……そんなにしたら……」

腰を悶えさせ、直矢は早智子の肩にしがみついた。それから右手を這い下ろし、丸々と突き出した左の乳房をまさぐった。

早智子が誘ってくれないから香菜ととか、早智子の代わりとして香菜ととかいうのは、もちろん早智子に対するご機嫌取りだった。だが、まろやかでやさしい肩と、とびきり素晴らしい弾力をした乳房に触っている今、それがへつらいだとは、直矢自身思わなくなっていた。

屹立した肉柱を、直矢が手を洗ってやったときの何倍も丁寧にこねくり、しごく動きも見せてくれている早智子のせいで、なおさら直矢がその感を強くしていたということは、あったかもしれない。

「こうやったら、何なの」

乳房はまさぐられるに任せて、早智子は直矢に言った。

「出ちゃうよ」

直矢は指が食い込むくらい荒っぽく、柔肉を揉みしだいた。

「そのほうがいいでしょ。そうでなくちゃ、また香菜に誘惑されて、香菜の中に出しちゃうことになるんでしょうよ」

早智子の胸が、やるせなげにくねった。

「このまま出たりしたら、ママの顔とか……かかっちゃうじゃない」

そう言った直矢は、早智子が切なげな身の仕草をしたことで苦悦はいや増し、さらに早智子に許されているという思いで、シャツの上から中に手を潜らせた。

手はすぐに、ブラジャーのカップをぐった。豊満な柔肉は、いくら指を押し込んでも底がないかのようだった。指の間に、こりっとしこった乳首が挟まった。快感の衝撃からか、早智子はいきなり力をなくしたようになって、直矢の鼠蹊部に顔を押しつけた。

「僕さ、ママのここのつもりで、香菜姉ちゃんのに触ってたんだよ」

「また、そんな嘘を言う」

「嘘じゃないよ。僕のことを一番愛してくれてるのはママだって、ずっと前から思ってたんだもの」

直矢はやわやわと乳房を揉みしだき、乳首をつまんでころがした。早智子は直矢の鼠蹊部に顔をこすりつけ、熱い息を吐きかけた。

シャツの襟から両手を差し込むことはできなかった。直矢は両手で思い切り、早智子の乳房を愛撫したかった。それで、シャツの裾をたくし上げた。直矢に顔を預けて熱い息を吐いていた早智子は身を立てた。

「駄目よ。あの子のカラダで汚れたここをきれいにしてあげるだけ」

早智子の両手が、肉茎を忙しく前後した。洗うというよりそれは、愛撫だった。亀頭の先からペニスの根元まで、柔らかい手指が痛いくらいにしごいた。

「うっ！」

直矢が呻いたのは肛門が痙攣を起こしてからだった。それから直矢は早智子の手と指の感じで、肉幹が射精の脈動を起こしたのを知った。白濁液が早智子の顔面に飛び散った。

「うわっ！」

一瞬のけぞった早智子の顔がバネ仕掛けのように戻って、口が亀頭を覆った。焼けるような感覚が直矢に襲いかかった。直矢は早智子の髪をきむしって苦痛に喘いだ。

「んむ……むむっ……」

低い呻きが早智子の口から漏れた。早智子は深々とくわえていた。

「う〜っ、ママッ、ママッ、気持ちいいよっ」

直矢は早智子の髪を掻き狂った。射精したばかりよりずっと快感は高まり、直矢の腰は烈しく律動していた。んぐっんぐっという嚥下の音が、早智子の喉の奥でした。

（あっ、ママ、飲んでる）

痺れるような歓喜に包まれながら、直矢は早智子の頭を抱き込んで長々と射精した。

そのめくるめく甘美さは、今までのどの射精をもはるかに凌ぐものだった。

射精の痙攣が終わっても、直矢は陶然となってそのままでいた。ややあって、早智子は亀頭から口を離した。

「なんかママ、ボディソープ、飲んじゃったみたい」

鮮やかなバラ色に発色した顔を直矢に向け、早智子は言った。飛び散った精液が、紅潮した左の頰に掛かっている。早智子が亀頭を口でふさぐ前に掛かったものだろう、シャツの胸に精液がのたくっていた。

「ママこそ汚れちゃったじゃない、顔もさ。これ脱がなくちゃ」

直矢は早智子の頰の精液を拭いながらシャツを脱がした。されるがままに脱がされた早智子が、直矢を仰ぎ見るように見て言った。

「そんなママだって思わないでね」

「そんなって?」

「お口で……ってこと」

「思わないよ。思うわけがないじゃない」

そう返事をした直矢に早智子は、真実であることを必死で伝える目になって言った。

こういうことになったから隠さずに言うが、再婚して十七年、自分はただの一度として夫のものに口をつけたことはない。前の夫との間にもなかったといっていい。

自分は親の都合で金のために二度、結婚させられたのであって、前の夫とも今の夫とも、好き合って一緒になったわけではない。

男のものを口で愛撫するということは、もちろん知識として知ってはいるが、それは愛する男女同士でのこと。好きでもない男のものに口をつけるぐらいなら死んだほうがましと思っている……。

「ね、わかる？」

上体はブラジャーだけになった早智子が、直矢の両腿に手をあてがって直矢を仰ぎ見た。

「わかるよ、ママのこと、この世で一番よくわかってるのは僕だから」

直矢は掻き乱した早智子の髪をやさしく撫でた。

昨日、無理やり香菜に口淫させたのは、そしてそのあとレイプまがいのことまでしたのは、今のこの母との愛を確認するために必要な前段階だった、と直矢は正直思った。昨日のことがなかったら、今はなかったのだ。

直矢は早智子の手を取って立ち上がらせた。早智子が自分にしてくれたように、自分の愛を早智子に示したかった。立ち上がった早智子は、なあに？　何をするの？という柔和な顔を心持ち傾げて直矢を見た。

5

直矢は早智子の背中に手を回し、ブラジャーのフックをはずした。が、ブラジャーは落ちなかった。早智子が両手でカップを押さえている。

「何をするの」

「僕の精液で汚しちゃったから、ママの体、洗ってあげるよ。さっき手を洗ってあげた時以上にきれいにしてあげる」

「いいわよ。自分で洗うわ。シャワーかけて、出て。ね。ママ、自分で洗うから」

「こっちも濡れちゃうね」

直矢は早智子の言うことには応えずにしゃがみ、スカートのフックをはずした。ファスナーを下げ、スカートを落とした。

「あ、いいから、ほんとに」

早智子はスカートを押さえようとした。ブラジャーを押さえていた手が離れ、ブラジャーがはらりと落ちた。早智子の手からむしり取るようにスカートを引き下げながら、直矢は顔を上げた。

顔のすぐ上に、たわわに実った白い乳房があった。香菜の三倍は楽にありそうな柔肉の塊だった。

淡い桃色をした乳首は小ぶりで——香菜のとそう違わない印象を、直矢はいだいた——早智子が必要最小限しか夫婦の交わりに応じていないのを、直矢は信じた。

スカートが膝の下まで下がると、早智子はもう阻止するのを諦めたふうに体を立てた。直矢はスカートを足から抜き取り、ピンク色のショーツに手をかけた。

心臓が、烈しく鼓動を打っていた。射精して間もない肉柱が鼓動と同じリズムを打ち、またしても予期せぬ射精をしそうな感じだ。

「いいわよ。これは」

引き下げようとした直矢に逆らって、早智子がショーツを引っ張り上げた。ショーツがフィルムのように薄くなり、むりっと盛り上がった陰阜と、重ね合わせたクモの巣のような秘毛とを透かし見せた。

「よく……ないよ。ママも、僕のを……したんだから」

痰がからまったような声で言い、直矢はショーツを引っ張った。いいわよ、いいわよと、早智子は抵抗する。早智子の抵抗のほうが強くてショーツは思いきり引っ張り上げられ、果肉に食い込んだ。その様は、生身の花弁よりも生々しく直矢に訴えかけ、誘った。

直矢は早智子の腰に両手をあてがい、ショーツの真ん中の凹みに口をつけた。柔らかい肉に、唇が埋まった。舌を突き出してみた。舌先が、凹みの中心部に突き刺さった。うにょりとした肉が感じられた。

「あっ、直矢、いや……」

腰を悶えさせ、早智子は直矢の頭を押し離そうとした。直矢はお尻に手を回して腰を引きつけ、恥肉に口を密着させた。ほのかに甘い淫香に、直矢は恍惚となった。直矢は顔を横に振って恥肉をこねた。

「駄目よ。あ、いや……ねえねえ、直矢、やめて……」

切なげな声で哀訴し、早智子は直矢の頭をやさしく叩いた。早智子は後ろに下がろうという動きを見せたが下がることはできず、お尻の肉をもこもこさせただけだった。

ボリュームに満ちた肉のその動きは、直矢の劣情に火を注いだ。直矢はお尻の谷間に指を差し込んだ。前のほう同様、ショーツはお尻のわれめ深く食い込み、生身のお尻を愛撫しているような感じだった。

「いやっ、あ、直矢、そんなところ……」

恥ずかしいところに這い込んだ指に、早智子は恥骨をせり出した。恥骨と、それを分厚く覆った恥丘の肉が、直矢の口にまざまざと感じられた。肉の切れ込みも、まるで目に見えるように実感された。

直矢は切れ込みを中心に大きく恥肉を食らい込み、そのド真ん中に舌を突き刺した。こりっとしこった肉の突起が触り、右に逃げた。えぐるようにして、突起を中心部に戻した。

ショーツはどろりと濡れていた。直矢は肉の突起を、縦にこすり立てた。

「アアッ、駄目っ！」

せり出した恥骨をわななかせ、早智子が叫んだ。恥骨は、引いていかなかった。かえって、せり出し方が強くなったようだった。そうしたくなくてもそうなってしまうように、直矢には思われた。

(感じてるんだ)

ゾクリとする禁悦感とともに直矢は思った。突起を縦横にいたぶった。ショーツの表面には唾液がたっぷりと出ていた。口をつけているところの下のほうの内側に、唾液とは明らかに感じの異なるぬるぬるが大量に出ているのが感じられた。

(ママ、よがってる)

鳥肌立つような感激に直矢は撃たれた。自分が気持ちよくなる悦びよりはるかに自分が昂《たかぶ》っているのを直矢は知った。

恥肉を縦横無尽になぶり立て、ショーツの内側のぬるぬるを吸い出すつもりで直矢は吸った。唾液が口に入ってきた。ぬるぬるの感じはよくはわからなかったが、突起が突出するのは、はっきりとわかった。

「うっ……あっ、ああっ……」

早智子が、せっぱ詰まったような声を上げた。直矢の頭を搔き狂っていた手がおなかに移り、ショーツを搔きむしった。直矢はショーツを引き下げた。ゴムが唇をはじいて下がった。

あわあわと茂った秘毛に口が埋もれた。甘ったるい淫香が直矢の脳髄を撃った。直矢はべろりと舌をつけた。上唇は、深いわれめと、飛び出した突起に当たっていた。舌は、ねっとりとした粘液に覆われた果肉にくじり込んだ。

「あっ、直矢……直矢直矢、そんな、そんなこと……」

早智子が後ずさった。直矢は両手を早智子の腿の脇にあてがっていた。それで早智子は下がることができたが、すぐ壁だった。それ以上早智子が下がれないのを知った直矢は、両手の指で鼠蹊部と秘唇をなぞり回し、生身の果肉を吸い立てた。

「あっ、あっ、直矢……駄目……あーあー、駄目よ」

口ではそう訴えながら、早智子は烈しく恥骨をおののかせ、直矢の頭をまさぐり撫でた。それは、極まりゆく肉悦にどう堪えることもできずに狼狽し果てているようだった。

直矢は、思い切りクリトリスを吸いたかった。が、それに勝るとも劣らず、恥芯をよがらせたかった。恥芯に舌を差し込みたい欲求を切り捨て、クリトリスに唇を密着させて吸引した。秘唇を愛撫していた右手の指を下に這い込ませ、愛液をたっぷりとたたえている深い恥芯をくじった。

「ううっ、あっあ!」

早智子が腰を暴れさせた。お尻を壁のタイルに打ち当て、恥骨を細やかに震わせ、むっちりと脂の乗った太腿をぶるぶると揺すり立てた。

異様に大きいクリトリスだと、直矢は思った。香菜のに比べてということだが。ほかの女は知らない。ひどく感じているからこんなに大きくとがらせているのかと思うと激情はいや増し、愛撫をしている自分のほうが達してしまいそうに興奮した。

「そんなにっ……そんなにしないでっ」

腰から下を荒っぽく反応させ、叫ぶように早智子が言った。今まで聞いたことのない声だった。〝生の女〟を直矢は感じた。ただの一度も父のものに口をつけたことがないというこの母は、また、父の口淫を受けることはあっても、こんなに悦んだことはなかったのではないか。

(僕、ママをすごくよがらせてる)

全身から火が噴くような快感に直矢は見舞われた。ペニスはたぎり勃ち、指一本触れなくても爆発してしまいそうだ。その硬直を早智子に見せたい、触ってほしいとも直矢は思ったが、その思いをすべて口と指に集めて奉仕した。

「感じすぎちゃう!」

直矢の頭を痛いほど抱いて早智子が叫んだ。

「ああぁっ、感じるわ。ママ、感じすぎる。どうして。ああ、どうしてなの」

あられもなく歓喜を訴えた早智子に、直矢は髪の毛が逆立つような歓びを覚えた。とがり勃ったクリトリスを速い律動ですすり込むように吸引し、三本の指を恥芯に潜り込ませて攪拌した。

「あっ、どうしてどうしてっ。あっあっ、直矢、ママ……いやいや、いやよ……」

肉厚の腿が烈しくぶれた。クリトリスがプチプチとはじけるような反応を見せた。愛液にまみれた花弁がナメクジのように指にまつわりつき、花弁の下の肉が痙攣のような動きを起こした。

そこに直矢は指を這わせた。膣口が収縮運動をしていた。直矢は中指を挿し込んだ。膣口が指をきゅっきゅっと締めつけた。指を深く挿し込んだ。

膣の奥のほうでも、収縮運動が起こっていた。人差し指はすぼまった肛門に触っていた。薬指はどろどろとぬかるんだ恥芯の底をきくじっていた。

「いやっ、アアア！　変、変よ！」

内腿を強く強く引き締めて早智子はわなないた。クリトリス吸引を繰り返しながら、直矢は指を稼動させた。

(ママ、イクんだ)

総毛立つ思いで直矢はそう感じた。中指は膣に一本丸ごと絞り込まれていた。肛門に当たっている人差し指は、膣の収縮と律動が同じ収縮を知覚していた。

「変よ。アアア、直矢、ママ、変になる変になる……アアア、変になる、わあ！」

早智子の腿もおなかも硬直した。直矢がそれを感じた一瞬後、早智子の肉体は恐ろしいばかりの弾み方で躍り跳ねた。

6

絶頂の痙攣はなかなか収まらなかった。弾む体を立てていることもできず、早智子は壁のタイルを這うようにずり落ちた。

「ママ、大丈夫?」

冗談めかした口調で言いながら、直矢は目もくらむ昂りに呑み込まれていた。バスマットに横這いになって痙攣する早智子の秘所を、直矢はまさぐり覗いた。

とろりとした肌触りの白い陰阜に、柔らかい秘毛がもつれ合って生え茂っている。丸みの強い、ハート形の茂みだった。茂みの中心部は濡れた網の目のように唾液で濡れていた。

茂みをよけて見てみると、直矢が一心に口をつかっていたわれめは赤く充血し、鳥のトサカのような包皮に囲われた薄桃色のクリトリスが顔を出していた。

早智子は、目に見える外の体だけを痙攣させているのではなかった。男の射精時のように、クリトリスがヒクヒクと脈打っていた。そのすぐ下の、淡いセピア色の小陰唇の襞と、恥芯の底、濃い赤の膣口も、クリトリスと同じひきつりを見せている。

(イッてる。ママのおま×こ、イッてるんだ)

直矢は二本の指を恥芯に潜らせて、掻きくじってみた。白濁した体液が噴きこぼれた。まるで精液のような液だったが、鼻にまつわりつくその匂いは、砂糖を抜いたミルクのような甘い香りだった。

「やめて……」

横這いの早智子は髪をばっさりと顔に乱してかぶりを振り、くびれた腰をひねってうつ伏せになろうとした。直矢はそれを阻止して指を動かした。

「だめ……ねえ、もう許して……」

早智子は乱れた髪の間から直矢を見上げ、直矢の手をつかんだ。その手をつかんで押さえ、直矢は蹂躙するように果肉を愛撫した。早智子は稼動させている直矢の手に爪を立てた。

「お願い。もう……ねえ、直矢、ママ、狂ってしまうわ」

「狂ってもいいよ。僕も狂いそう」

「ママ、ああ、ママ、おかしくなっちゃうわ」

「初めから僕、ママとこうやりたかったんだよ。ママのこと、こんなふうに気持ちよがらせたかったんだよ」

「……そんな……」

内腿をぴたりと閉じ、果肉に指を食い込ませた直矢の手を両手でつかんで、早智子は直矢を見上げた。

ほんの一、二秒前と、何かが変わっているのを直矢は感じた。いや、変わったというのではなく、途中から変わってしまっていたのが元に戻った、と言ったほうがいいだろうか。

息子の口と手で絶頂させられたことを疚《やま》しく思った早智子は、香菜から直矢を奪い返す、という本来の目的を思い出したようだった。

「そんな、何。僕が何か、間違ったことでも言ってるっていうの？」

「嘘、なんでしょ」

「嘘だとしたら、こんなふうにはなってないと思うけど」

直矢はきばり返った肉柱に触らせた。早智子はしっとりと、握った。それからぎゅーっと、力を入れて握った。

「硬い……のね」

「そう？　他の男のは知らないけど」

「すごく硬い。ねえ、どうしてかしら」

「香菜姉ちゃんのことを忘れちゃうためじゃないかな」

「………」

乱れた髪の間から、早智子は盗み見るように直矢を見た。それから髪をよけて、じいっと直矢を見つめた。恥肉に溢れ返っている果蜜の匂いのような、ねっとりとまつわりつく視線だった。

直矢を見つめたまま、早智子は体を起こした。足首に引っかかっているショーツを、早智子はけだるげな仕草で抜き取った。

恥芯をくじっていた直矢の指は今、湿った陰毛に触っていた。その手を早智子は取り、乳房の間に抱き込んだ。そして早智子は直矢を熱く見つめて言った。

「ママがね、この世で愛してるのは直矢だけ」

「わかってるよ。僕だってそうだよ。だけどママは血のつながった母親だから、香菜姉ちゃんに目を向けなくちゃならなかったんだ。無理してさ。別に香菜姉ちゃんのことなんか、好きでも何でもないんだ」

「ほんと？」

早智子は首を傾げて直矢を睨み、そして嬉しい！　と叫ぶように言って、直矢の胸にもたれ込んだ。

豊満な乳房が、直矢の胸でたわわにひしゃげた。直矢は早智子の背中を抱き寄せ、手に余る柔肉を揉みしだいた。小ぶりの乳首は小気味よくしこり、柔肉には指が埋もれ、〝乳房を揉んでいる〟という実感が、いやでもした。

乳房を揉まれる早智子は、甘えたしなを作って身を委ねている。だらりとした早智子の手が、直矢の左の腿のところにあった。その手が、つ、つと動いて、猛々しく聳えている肉柱を握った。

「もう一度、していい？　ママにもう一度、させて」

口で、と早智子が言っているのが、直矢にはわかった。

(さっきは射精して精液が顔にかかったから、慌てて亀頭を口でふさいだの。今度は直矢の硬いの、じっくり味わわせて。ね？)

早智子はそうおねだりしているのだ。

「上に行こうよ。ここじゃゆっくりできないでしょ。パパはまだ帰ってこないだろうし」

「香菜に感づかれたりしたら、困るでしょ」

直矢の目をまっすぐに見て早智子が答えた。しかし心はもう、二階に向かっている目だった。

「知られたっていいじゃない。そのほうがいいよ。香菜姉ちゃんに見せつけてやろうよ。そうしたらもう僕のこと、誘惑してくることもなくなるよ」

直矢がそう言うと、見つめる早智子の目がぎらりと光った。

バスタオルを体に巻き、替えの下着と服を持って、二人はもつれるようにして二階の早智子たちの寝室に向かった。

香菜の部屋は、ドアが閉まっていた。物音ひとつしない。ベッドに潜って泣いているのかもしれなかった。直矢が首をすくめてみせると、早智子も子供のように首をすくめ、直矢の手を引いて寝室に入った。

7

ドアを閉め、早智子は直矢の腰を抱いた。十六歳の、しなやかに湾曲した腰だった。腰からお尻の肉へのカーブが、触っただけでも震えがくる心地よさだ。牛のようにただ頑丈なだけの夫の腰とは、比べるべくもない。

それよりも胸がわななくのは、その腰から生えてでもいるかのような、隆々とした肉の硬直だった。鋼のように硬い。肉茎はまだ肌色で、亀頭というと真っピンクに発色してつやつやと輝き、舐めてもしゃぶっても食べても足りないと思えた。

早智子はベッド脇に直矢を立たせてひざまずくと、きばり返った肉柱を両手で捧げ持って下から見た。

逆さまのハート形をした亀頭の下べりには、淫液がたらたら噴き出していた。精液のにおいもした。さっきの射精で尿道に残っていたのが、先走りの液と一緒に出てきたのだろう。

(きれい……)

亀頭の下べりの形にもそう思ったたし、脱色したソーセージのような肉茎そのものにも、早智子はそう思った。

(直矢のが、こんなにきれいだったなんて)

憎い香菜のことも今は頭から消え失せ、早智子は大きく口を開けてかぶりついた。

(ん～、大きい。大きすぎる……)

両手で肉茎を握り締め、早智子は、はぐはぐと咀嚼した。歯を立てても太刀打ちできない硬さだった。頬をすぼめて亀頭をすすった。どろりとした淫液と、ねっとりとした精液の残りとが、舌の奥に吸い出された。ごくりと音を立てて飲み込んだ。鼻から出てきた息に、濃厚な青臭さが混じった。

「ううっ……あ、ママ、そんなに強くしたら、僕……」

早智子の髪をまさぐって直矢は腰を悶えさせた。バランスを崩して立ち直ろうとした脚がベッドに当たり、直矢はベッドに倒れ込んだ。亀頭が口からはずれそうになったまま、早智子は食らいついていった。

ベッドに仰向けに倒れた直矢の肉幹を、早智子は横からくわえていた。縮かんだ陰が見えている。夫のそこは、見た、というだけのことだが、その夫のに比べると、直矢のは陰毛も生えていず、色も薄くきれいで、ギザギザ模様の入ったゆで卵のように思えた。

早智子は、先走り液が出尽すかというぐらい丹念に亀頭をねぶってから、亀頭のへりと包皮の反転したところ、さらに茎に舌と唇を何度も往復させ、裏筋の縫い目をなぞり、そして陰嚢《いんのう》へと向かっていった。

(ああ、あたし、こんなこと、してる……)

結婚してからずっと、もう何百回と乞われながら、ただの一度もしたことのないフェラチオという性戯を、自分でも信じられないぐらい淫らに積極的にしていることに、早智子は陶酔した。舌を思い切り伸ばして陰嚢をべろりべろりと舐め、それから頬張った。

「うう〜っ、あっあっ、ママ！」

直矢は腰をうねり上げ、大きく開脚させた脚を快楽に暴れさせた。口一杯にはまっている陰嚢が、ひきつるような反応を見せている。黄土色の肛門も、収斂《しゅうれん》するような反応を見せている。

（ああ、直矢。あたしの直矢）

切ない愛情に衝き動かされ、早智子は陰嚢から口を滑らせて、ひきつる菊門を舐め、そればかりか口を密着させてすすり込んだ。

「ううっ、あ！　あ、ママ、ママ、そこ変だよっ」

悲鳴のような声を上げ、直矢は腰を躍らせた。肉柱が律動し、陰嚢と菊門が、絞り込むように脈動した。

（香菜から、取ってやる）

早智子は思った。そう思ったのは、今の直矢の言葉で、香菜とはこのようなことをしていないのが歴然としていたからだった。早智子は狂ったように菊門吸いを繰り返し、荒々しい動きで舐め、そして舌をとがらせて、きついすぼまりをうがった。

「うっ、うああっ、それ……それ、ダメッ」

ベッドから大きく腰をせり上げ、思い切り深く沈め、地団駄を踏むように腰を弾ませて直矢はわめいた。そうして、早智子の背中を叩いて訴えた。

「きつすぎるよ。強すぎるよ、ママ。僕もう、ダメになる」

早智子は顔を上げた。

「どういうこと？」

「また、出ちゃいそう」

「また？　もう？　今さっき、出したばっかりなのに？」

「そんなことといったって……あ、ああ、ママ、何もしてなくても出ちゃいそうだよ」

苦しそうな息で言って、直矢は腰をこわばらせた。無駄肉のない腹で腹筋が緊張しているのが、はっきりとわかる。

「まだ出さないで」

力強く盛り上がった腹筋をなだめるように撫でさすり、早智子は体を起こした。初めてしたフェラチオという行為で、直矢をじっくり悦ばせてやろうと思っていた。しかし射精は目前のようだ。

（どうせ出てしまうのなら……）

いくらなんでも、三回も四回もは射精できないだろう。休んでいるうちに、夫が帰ってくるかもしれない。

添い寝するようにして、早智子は迫った。真っ赤な顔をして喘いでいる直矢の手を、秘部に導いた。思いは同じだったのだろう、直矢はかつえたように秘唇をまさぐってきた。恥芯に指をくじり込ませながら、直矢は言った。

「ここに……いい？　口でもいいけど」

「……したい？」

「して、いい？」

目を血走らせて直矢は起き上がった。早智子は直矢の首に手を回し、やさしくうなずいた。

「ママが狂ってしまったってこと、誰にも言わないで」

「狂ってなんかないよ。僕がママのことが好きで、ママも僕のことが好きなだけさ。それともママは、パパのほうがいい？」

「……何言ってるの。わかってるくせに」

早智子は甘く直矢を見つめ、顔を引き寄せて唇を重ねた。唇をねぶり合いながら、直矢は早智子の上に乗りかかった。早智子は体を開いた。

直矢は口を離し、熱い喘ぎを吐いて迫った。肉柱の裏べりが恥肉とクリトリスをこすって上滑りした。硬い陰嚢が、果肉の下部をむりっと剥き広げた。

「そんなに急がないで」

亀頭が膣口を直撃しなかったことで、早智子は泣きたくなるほど嬉しく思った。直矢は、体験が少ない。ひょっとしたら、昨日が初めてだったのかもしれない。たぶん、そうだろう。

「急がないと出ちゃうもの」

怒ったような口ぶりで直矢が言った。早智子は肉柱に指をからませた。ううっ、と顔をのけぞらせて直矢が呻いた。

「まだね。まだ出ちゃわないで」

早智子は腰を浮かし、蜜口に亀頭をいざなった。きばった亀頭が、蜜口を押し広げた。

「あっ、熱い……」

直矢の肩が、わなわなと打ち震えた。

「ううん。直矢のこれのほうが熱いわ」

早智子はしっかりとはめた。直矢がやりやすいように腰は浮かしたまま、目で合図をした。顔を膨らませて、直矢が入ってきた。

蜜壺は濡れすぎるくらい濡れていた。一気に、奥の奥まで没入した。

嵐のような恍惚感が早智子を襲った。

この時をこそ、自分は十六年間、待っていたのだと思った。直矢の童貞を奪った香菜は憎い。憎いが、昨夜のことがなかったら、今日、この幸せにひたることはできなかった。しかし香菜など、もう、いい。

ずっぽりと挿入した直矢は、そのままじっとしている。動くことを知らないわけではない。昨夜はあんなに烈しくやっていたのだ。そうだ。母である自分のこの肉体を味わっているのだろう。それとも本当にもう出そうで、我慢をしてるんだろうか。

「どうしたの」

早智子は直矢の背中をやさしく撫でた。撫でたその手が、ぬるっとぬめった。背中一面に汗を噴き出している。

「死ぬくらい気持ちがよくて」

「そう。ママもよ」

答えたとたん、抑制も何も効かなくなっていた。早智子はいとしい直矢の背中を抱き締め、首を抱き込み、大きく開いた脚を踏ん張って、腰を振り立てた。

「ああっ、うっ……ママ、そんなにしたら出ちゃうよっ」

「いいわ。いいの。出して。いっぱい出して。思い切り出して」

わめきながら早智子は腰を振った。腰を波のようにうねらせ、小刻みに恥骨を上下させた。動かぬ直矢の肉柱が膣襞を出入りし、ぬちょぬちょと蜜音が鳴った。

亀頭のエラが膣襞をこそぐいで動くのが、目に見えるように感じられる。その先からは、あと何秒もしないうちに、白い液体が噴き出すだろう。

「ああ、出して！」

背中に爪を立て、早智子は叫んだ。踏ん張っている脚に、直矢の脚が触った。直矢の脹脛《ふくらはぎ》に脚を掛け、恥骨をせり上げた。直矢の恥骨にクリトリスが押しつぶされた。

「あー、感じるわ感じるわっ。腰……腰、押しつけて。動かして」

顔を打ち振ってせがむ早智子に、やっと直矢が抜き挿しをした。が、何往復とせず直矢は体を硬直させ、痙攣を始めた。

「いいのいいの、いっぱい出してっ」

「ううっ、マッ……ママッ、僕……あっ、あー、ママの中に出してる」

「いいのいいの。あっ、あ〜っ、直矢直矢、出してよおっ」

声もなく痙攣している直矢を渾身の力で抱き締め、早智子も総身をわななかせた。

肉体の絶頂というと、まだだった。だが、その絶頂も遠く及ばない喜悦の坩堝に、早智子は巻き込まれていた。

(あー、あたし……このままどうなっても……)

一瞬の空白があったのか、それとも長い空白だったか、それともまた、ひとつづきのことだったか、早智子自身にもよくわからなかったが、夢見心地で早智子がそう思ったとき、直矢が動いているのを知った。

射精の痙攣ではなかった。直矢は、抜き挿しの律動を繰り返していた。機械仕掛けのような、規則正しく、打ち込みの強い動きだった。蜜鳴りの音が大きいのは、精を吐き出したためだろうか。

「あ、ああ……直矢、どうしたの……」

雄々しい抜き挿しにガクガクとのけぞりながら早智子は言った。直矢は顔中に汗を噴き出して腰をつかっている。

「どうしたの。もう、終わったんじゃなかったの」

「ママのここ……おま×こ……死ぬほど気持ちいいよ」

「あっあっ……ねえねえ、直矢、あなたもう……」

終わったのにどうしてと、早智子は再度訊いた。どうなっているかわからない、と直矢は答え、律動を厳しくした。射精は、したらしかった。が、若い肉柱は萎えることなくきばりつづけ、連続のセックスに移行しているらしかった。

「信じられないわ。あー、ママ、信じられない」

直矢の脹脛に掛けていた脚をはずし、早智子は膝を立てて迎え撃った。肉柱を叩き込む直矢の動きは、烈しい、の一言に尽きた。ぶち当たった肌同士が鞭のような音を立て、内腿に愛液が飛び散っている。

その淫らさが、早智子を狂わせた。自分から求めたこともない体位を、早智子はねだっていた。脚を肩に掛けさせて、と早智子は切なすぎる気持ちで言った。しかし、直矢も狂ったように腰を振りつづけている。それはママが自分でして、とでも言っているようだった。

自ら脚をかかえ込み、早智子は直矢の肩に両脚を乗せた。直矢の肩は汗でびっしょりと濡れていたし、早智子の脹脛も汗を噴き出していた。三度も四度も失敗し、ようやく早智子は望んだ体位を取った。

(ああ、あたし、いやらしい!)

見るも無残な体位を自ら取った自分に、早智子は酔い痴れた。しかし、今初めて知った淫欲は、それでよしとはしなかった。早智子は腰をうねらせながらわめいた。

「脚、押して。ぐーって押して、ママを犯してっ」

いつ果てるともなく腰を振り立てている直矢は、すぐに応じた。早智子の両脚を顔の脇に押し込み、繰り返される荒っぽい肌打ちで真っ赤に発色した内腿とお尻を天井に向け、さらなる杭打ちを見舞った。

「あああ、あああ、直矢……直矢直矢……ママ死ぬ……あーあー、直矢にしてもらってママ、死んでしまうわっ」

体をエビ固めに押しひしげられ、くぐもった妙な振動の声で早智子は陶酔を訴えた。体がそんなふうになっているので、自分からは思うように腰はつかえなかった。しかしその拘束感がまた、愛おしい息子に辱められているという意識を増大させ、陶酔感を煽っていった。

二人の汗が、ベッドカバーをしとどに濡らしている。繰り返しぶち当たる肌の下は愛欲の蜜が分厚く盛り上がり、ぬらぬらとした光を放っている――。

第四章　もう一人の女

1

——その頃、熊井徳治は監禁の部屋で兼松朋代《かねまつともよ》を膣奥深く刺し貫いていた。肩を抱き込められ、大腰をつかわれて果てたばかりの朋代は、息も絶え絶えに喘いでいる。朋代の丸い額には快楽の汗がびっしりと浮き出し、悩ましく髪が張りついている。荒い息をつくその顔は、夏の暑い盛りに外で遊んで帰ってきたときの香菜の顔を連想させた。

(うん。そろそろ潮時か)

ムフフとほくそ笑み、徳治は射精してもなお萎えぬ肉柱をいっそうきばらせた。

母親をそっくり受け継いだような香菜は、もうすぐ二十歳。この十九年間、その日を楽しみに過ごしてきた。乳飲み子の時から手塩にかけて育てた香菜を〝女〟にしてやる日を、だ。

香菜は借金のカタだった。事の発端は兼松純一郎《じゅんいちろう》の会社の倒産だった。高利貸しを基盤に多角経営していた徳治は、純一郎に多額の金を融資していた。

根っからの好き者である徳治は、借金棒引きの代わりに乳飲み子の香菜を養女としてもらい受けた。時を見計らって処女を奪い、自分の性奴とするのが目的だった。その頃はまだ独身だったが。

（へへへ。堪らねーな）

玉のような香菜の肌を思うと、下卑た笑いが漏れるのを禁じ得ない。

「母娘どんぶり」という言葉がある。話にしか聞いたことのないそれを、自分は明日にでも味わうことができる。考えてみれば、朋代がノコノコと現れ出てきてくれたからこその楽しみだった。

徳治と夫・純一郎の姦計で香菜を拉致された朋代は東京を離れ、転々とした。一生、香菜の前には現れまいと決意していたが、年を重ねるごとに会いたさは募り、ついに東京に舞い戻ってきた。

「一目……どうか、一目だけでも……」

徳治のところに何度か電話をして、ちょうど徳治が出た時、朋代は涙とともに哀願した。

その数日前にも電話をした。たまたま出たのは香菜だった。成長した香菜の明るい声に、もう朋代は耐え切ることもできなくなった。

香菜とは、ほんの一言、二言しかしゃべらなかった。自分が産みの親だと告白したわけでもない。そんなことをしたら、いつ何時、徳治の耳に入り、取り返しのつかないことになるかわからない。

涙を流して哀訴する朋代に、香菜と会わせてやると徳治は約束した。朋代は嬉しさに泣き崩れた。電話の向こうの徳治が、神か仏にも思えた。

しかしその神は、悪の神だった。徳治は朋代をマンションに囲い、外出を禁じた。香菜は多感な時期だからタイミングを見て会わせる、と言われると従わざるを得なかったし、蛮行といっていいセックスを強要されても、受け入れざるを得なかった。

そうして一カ月になる。明日は、明後日こそは……と香菜との再会を待ち望みながら、巨根の徳治とのセックスで女の悦びに落ちてしまうのは、四十歳、長年孤閨を守りつづけてきた女として、致し方のないことではあった。

徳治は、朋代を抱いたあとは必ず酒を飲んでから帰った。女の匂いを酒場の匂いでカムフラージュするためだった。

だが今日は、朋代のところからまっすぐ帰った。近日中には必ず会わせてやると朋代に約束した香菜の顔を、一刻も早く見たかったからだ。

「母娘どんぶり」という言葉に興奮し、その淫景が脳裏で目まぐるしく繰り広げられ、つい先刻のセックスも忘れてズボンの前は突っ張っていた。

帰宅した徳治は、家の空気がいつもと違っているように感じた。いつもは顔を出す早智子も出てこない。リビングに明かりはついていたが、誰もいない。

と、誰かが二階から下りてきた。リビングに入ってきたのは、泣き腫らした顔をした香菜だった。

「お父さん、あたしこのうち、もういや」

香菜は母の朋代を彷彿させる、すがるような目で言った。豊満に成長した胸が、徳治の胸に触りそうな近さだ。

「うん？　どうした？」

ここは大丈夫だろうと判断し、徳治は香菜の肩を抱き寄せてみた。柔らかい乳房がふにょりと接してきた。だが香菜は何かで頭がいっぱいらしく、気づいたふうもない。

徳治は腕に力を入れ、接触を強めた。香菜は嫌がりもしない。徳治は狂喜した。収まっていた勃起が、再び硬直しはじめた。

「お母さんと直矢が……」

「うん」

話を聞くふりをして、胸で乳房をこねてみた。何とも言えない弾力。明日にでもこれが意のままになるのかと思うと、涎が出てきそうだ。

「あの……母親と息子なのに……」

「なのに、何だ?」

「男と女の関係になって……」

「………」

父と娘の交合を考えていた徳治は腰を抜かすほど驚いた。

徳治は、それぞれ二階の部屋にいた直矢と早智子を呼び、事の真相を訊ねた。

「香菜が直矢を誘惑して、男と女の関係になってたんです。もうずっと前からなんですよ。直矢が悪いんじゃありません。悪いのは香菜です。直矢に裸を見せびらかしたりして、いやらしいことに誘ったんですから。私は偶然にそれを知って、かわいそうな直矢を慰めていただけです」

「そうだよ、パパ。僕は香菜姉ちゃんに誘惑されたんだよ。血がつながってないから、セックスしてもいいんだとか言われて」

早智子と直矢は言い募った。

「嘘っ嘘っ。みんな嘘！　あたしそんなことしてない。あたしにいろいろしてきたのは、直矢なのよっ！」

泣いて訴える香菜の声は、しかし徳治の耳には入らなかった。絶望と激情のままに徳治は叫んでいた。

「香菜、おまえのほんとのお母さんに会わせてやる。出かける用意をしろ。すぐ行くぞ」

2

徳治は香菜を助手席に乗せ、とんぼ返りで朋代のマンションに向かった。

腹のなかは煮えくり返っている。こともあろうに直矢が香菜の処女を奪ってしまった。この十九年間、手塩にかけて育て、破瓜の楽しみを夢見ていたのが、あっという間に瓦解してしまった。

しかしいくら悔しく思っても、直矢を非難することはできなかった。直矢にはべったりと早智子がついている。直矢を責めることは早智子を責めることにつながる。自分としては、それはできない。

憤懣やる方ない思いで、徳治は打ちしおれている香菜を見やった。

体は一回り小さくなったように見えるが、チュニックの胸の真ん中に食い込んでいるシートベルトのせいで、二つの肉の山はこんもりと盛り上がって強調されていた。ミニのスカートからは、闇にも抜けるように白く見える脚が伸びている。裾から指一本入れるだけで、昨日処女を失ったばかりの恥じらいの丘に触れそうだ。

(直矢のやつに腰をつかわれて、いっぱしの女みたいによがり声を上げてたっていうのか)

悔しさ、腹立たしさとは別に、ムラムラと込み上げてくる淫情を徳治は覚えた。朋代のマンションまであと十分足らずで着くが、とても待てそうにない。

「香菜、本当のお母さんに会いたいだろ。あんな冷たいお母さんなんかよりどれだけいいかな」

ふっくらと盛り上がった胸の柔肉に一刻も早く、真っ白な内腿の奥に一刻も早く、と心急きながら徳治は言った。

香菜はじっとうつむいている。自分が養女だと小さい時から話されている香菜は、これからのことに戸惑いを感じているのかもしれない。

「お母さんだけじゃないぞ。本当のお父さんもいる。ただ事情があって、一緒には住んでいないんだけどな。どうしてかというとだな……」

徳治は一呼吸おいて、話した。

香菜を捨てたのがそのお父さんであること。香菜はいったん別の人に渡されたのだが、不憫に思って自分が引き取ったこと。実のお母さんは香菜がいなくなったことで半狂乱になり、失踪したこと。

しかし片時も香菜のことが忘れられなくてあちこちと手を尽くし、自分がわが子同然に可愛がって育てていることを知り、戻ってきたこと。一日でも早く香菜の顔を見たいと願っていること。

自分はいつでも会わせてやると思っているのだが、今のお母さんがそれを禁じていること。家でゴタゴタが起きて、それが直矢に悪い影響が及ぶことを心配しているのだ。今のお母さんは、直矢のことしか考えていない。

「いい学校に入れると綺麗事を言って、絵美も結局、家を追い出されちゃったからな。

あのお母さんはそんな女なんだ。香菜にも鬼のようなことを言ったんじゃないか」

「その、鬼って言った……悪魔の子っても言った」

香菜は徳治を見たまま、新たな涙を噴きこぼした。

自分に都合よく嘘を並べた徳治は、香菜の心が自分に向かって開かれているのを感じた。腹の底から突き上げる劣情はいや増し、臓腑をきむしりたい気分になった。

徳治は暗がりにそれて車を止め、朋代にケータイで電話をかけた。香菜を連れてきていると言うと、朋代は叫ぶような驚きと喜びを示した。

電話をするために今車を止めているが、あと五分で着くと徳治は言った。朋代は感涙にむせんでいる。お母さんだよと言って、徳治は香菜にケータイを渡した。

香菜は戸惑いながら電話に出、二言三言受け答えをしたが、何をしゃべっていいものかわからない。代わってほしいという目で徳治を見ている。徳治は代わってやり、あと五分と再度、朋代に言って、電話を切った。

「今の人が兼松朋代という香菜の本当のお母さんなんだけど、その人は上品な人で、こういう状態では行くことができないんだ」

徳治は香菜の手を取り、ズボンの出っ張りに触らせた。

「わっ、いやっ……」

はじかれるように香菜は手を縮かめたが、猛々しいきばりをしっかりと握らされた。徳治はこねつけるように握らせながら、この大きいのを小さくしてからでないと、お母さんのところには行けないのだ、と言った。

そして、今の家に帰っても、今のお母さんも直矢も香菜のことなど悪魔の子としか思ってないと、脅した。徳治を見上げる香菜の目に、哀しみが広がった。

勇み立った徳治は自分のシートベルトをはずし、ズボンの前をゆるめた。車はエンジンをかけたままだ。インジケーターパネルのわずかな明かりに、真っ黒い棍棒のような肉柱が剝き出しになった。

長い髪を躍らせて香菜がかぶりを振った。背が二十センチも伸びたかというすくみ方を見せ、それから胸の膨らみだけを残して体は縮まった。

「直矢のやつと、どういうことをしたんだ？」

徳治は香菜のシートベルトをはずし、香菜の両手を肉柱に巻きつけさせた。チュニックの胸をもこっと盛り上がらせて、香菜は前かがみになった。四十八歳、エネルギー満々の巨砲に度肝を抜かれ、抵抗する気力はすでにないようだ。

「うん？　どういうことをしたんだ？　これぐらいのことは、もうずっと前からしてるんだろ」

しこり、しこりと、徳治は巨砲をしごかせた。両手を稼動させられた香菜は、ぐ、ぐっとのけぞった。猛臭にたじろいだのだ。朋代と交わった体のまま、徳治はシャワーも浴びていない。

徳治は香菜のシートを倒し、そして自分のも倒した。これ見よがしに腰をせり上げ、巨大な棍棒をそそり勃たせた。

「どうだ。直矢のより小さいか」

「………」

香菜が小さくかぶりを振った。徳治は腹の奥から湧き起こる喜びを覚えた。

倒したシートに徳治は体を寝かせているが、香菜は体を起こし、徳治の巨砲を両手で握らされている。豊満な胸の膨らみが徳治をいたく誘った。徳治は香菜の胸をまさぐった。

「あっ、お父さん、いやっ！」

「ここは嫌なのか。なら、こっちはいいのか。またおまえは、直矢に好きなだけいじくらせたんだろ」

徳治はスカートの中に手を差し込んだ。すぐに秘部だった。ショーツの脇から指をくぐらせて花弁をくじった。しっとりと湿っていた。

悲鳴を上げて香菜が腰を引いた。指は楚々とした春草に触った。徳治は猛然と昂って、女の切れ込みを掻きくじった。

香菜は身を揉んで逃れようとするが、徳治につかまれて、巨根を握らされている手を離すこともできない。徳治は秘口にずっぷと指を挿し込んだ。

「ああっ、お父さん、痛い！」

昨夜直矢に散らされた処女膣の生傷を、夕方の母につづいて父にも蹂躙され、香菜は激痛に泣き狂った。

「ここにお父さんのでかいのを入れるか。お父さんのを口でするか」

濡れてもいない膣襞に荒っぽい指の抜き挿しを見舞いながら徳治は迫った。

「痛い痛いっ。お父さん、いやっ」

「ここにお父さんのでかいのを入れるか、お父さんのを口でするかと訊いているんだ」

「わかった。するっ。するよっ。やめてっ」

とにかく激痛から逃げたくて、香菜は言った。

「するじゃ駄目だ。ちゃんとしたら、やめてやる」

徳治のその言葉に、香菜は急いで亀頭に口をかぶせた。

3

ぬるりとした唇が亀頭表面をこねくり、その快感に徳治は唸った。香菜が直矢と淫行を重ねてきたこと、昨夜はついにセックスにまで至ったことなど、どこかに忘れてしまっている。今のこの感激がすべて、と言ってよかった。

可愛い香菜の口は亀頭にかぶさったが、しかし、かぶさったというだけのことだった。エラの大きさに、口が完全に負けている。とりあえず、徳治は言った。

「舌で舐めろ。汚れを舐め取ってきれいにするつもりでやってみろ」

香菜はすぐ指示どおりにした。巨大なカサを無理やり口に含むのだったら、舐めるほうが楽と思ったようでもある。

桜の花びらのような舌が、亀頭の左側をなぞった。早くも白濁液を噴き上げそうな予感に腰を痺れさせ、亀頭を万遍なく舐めるよう徳治は命じた。香菜は命令に忠実に舌を這わせた。

「どうだ。うまいか」

徳治は香菜の頭をかかえ込んで押し下げた。香菜がくぐもった悲鳴を上げ、体をうねり返らせた。徳治は目一杯の力で腰をせり上げた。消え入りそうな悲鳴を漏らし、香菜は手足をばたつかせた。口はまだまだ亀頭の直径には及ばない。

「顎の力を抜け。体の力も抜け。そうしたら入る。入ったら吸え。舌もからませるんだ。直矢のをやってたんだから、それぐらいはわかるだろ。チューブから吸うみたいに吸うんだ。頭を動かしてしごけ。お父さんの精液が飛び出すまでだぞ」

情け容赦なく命じて、徳治は香菜の口に肉柱をねじ込んだ。上下の歯が亀頭冠をこすった。香菜が腹を轟かすような呻き声を上げた。どうも無理らしいと思い、徳治は舐めるよう命じ直した。

言われた香菜は慌てたふうに顔を落とし、巨根の根元を可憐な舌づかいで舐めた。その幼げなさが、鳥肌立つような肉悦を徳治に見舞った。

「根元から上に、這うように舐めろ」

快感にわななきながら徳治は指示した。舌が、怖さ半分の感じで肉茎を舐め上がった。

(おおおっ……これは、きっ……効く……)

徳治は身悶えして香菜の頭を掻き回した。頭が動いたので香菜の舌は横に大きくぶれ、ジグザグの上昇になった。ミミズ腫れを起こしている血管に舌先が突っかかり引っかかりしているのも、はっきりと感じ取れる。

舌が亀頭のくびれまで這い上がった時、徳治はエラの下べりをつつくように舐めるよう、命じた。とがった舌先が包皮の接合部を小刻みになぶって、徳治は肛門が直腸の奥に引き込まれるような喜悦に襲われた。

徳治は包皮が反転し、今にも裂けそうに突っ張っている粘膜を舐めさせた。その部分を十数周なぞり回させ、それから亀頭冠を十数周なぞらせ、包皮の接合部を何遍もつつかせてから、裏筋を真一文字に這い下ろさせた。

(うぐぐっ！　たっ、堪んねえ！)

肛門が烈しく収縮した。先走りの淫液がどぶどぶと噴きこぼれるのがわかった。亀頭の左側から茎を、熱い体液が伝っている。

徳治は垂れ流れた先走り液を舌ですくい取らせ、亀頭に塗りたくらせた。童女のようにも可憐な舌でのその奉仕は、灼熱の快感を徳治に浴びせた。肛門の痙攣はさらに強まり、ゆるい射精のように淫液が溢れつづける。

「口もつかえ。唇全部でお父さんのチンチンの先っぽをねぶりまくるんだ」

香菜の頭を両手でかかえ込んで、徳治は命じた。すぐに、柔らかい唇が亀頭に密着した。徳治は香菜の頭を封じ込め、渾身の突き上げをくれてやった。唇が亀頭冠近くにまで広がった。

「んぐ〜っ！　あぐっ、ぐえぇっ……！」

「口の力を抜け。そうしないと顎がはずれるぞ」

手足をばたつかせて暴れる香菜に、徳治は厳しく宣告した。大げさな言葉だが、そう言うことで、否応もなく淫欲が刺激された。

「くわえてみろ。自分から飲み込むつもりでやってみるんだ。できるはずだ。うまくいかなかったら入れちゃうぞ。お父さんのこのでっかいの、香菜のおま×こに根元まで突っ込んでやる」

「んん〜っ」

甲高い悲鳴を上げて香菜は顔を振った。それは性交に対する拒否の反応だった。しかしその動きで、亀頭冠はぬぽっとはまった。

「うげえっ！」

という短い呻きは最初だけはっきりと聞こえ、あとは内にこもったものになった。徳治が腰をせり上げたので、亀頭が香菜の口を一瞬にして満杯にしてしまったからだった。

喉の穴が亀頭の先端に密着しているのが、目に見えるように感じられる。喉は閉まっているのだろう。子宮口に亀頭が当たっているのとそっくりな感触だ。徳治は弾みをつけて突き上げた。

「んっ！　んっ！　ぐっ！　うっ！」

ひと突きひと突きに香菜は体を跳ねさせ、躍らせ、腹から振り絞るような唸り声を漏らす。そのひと突きひと突きで、亀頭の先が、閉じた喉の粘膜に進入していくのが如実に感じられた。

舌は亀頭の左側のへりと茎に当たっている。ザラザラした上顎が、亀頭の右側の出っ張りをこそいでいる。目一杯に開いているのだろうが、香菜の唇は、剛直が悲鳴を上げるほどどきつく締めつけている。

「香菜、香菜、お父さん気持ちいい。ものすごく気持ちいいぞ。お父さんのちんちん、香菜の口で溶けちまいそうだ」

一方の手で香菜の頭を押さえ込み、一方の手を服の中に潜り込ませて、徳治は陶酔境を訴えた。ひたすら苦しげに呻く香菜の乳房はべっとりと汗ばみ、火照って膨張している感じだ。

徳治はお湯をかぶったような乳房を愛撫し、柔らかすぎるサクランボの感触の乳首をひねり、ねちねちといらいながら、突き上げを荒くしていった。

亀頭が香菜の喉を制圧する実感を、徳治は覚えた。ひきつれるような粘膜が、亀頭の先端からくびれまで苦しいぐらいに密着している。根こそぎの射精をしないかぎり、はずれそうにない。

香菜の体が、軟体動物のように力をなくした。高熱を出しているように熱を持っている。喉が詰まって呼吸ができないせいかもしれなかった。徳治の腹と腿に乗っている両手は、だらりとしている。

「しごけ。ほら。しごいて、お父さんに射精させろ。そうしないといつまでもこのまんまだぞ」

「……ん……ん……」

香菜は虫の息。巨根に誘われていった手が、むせび泣くように震えた。

「しごけ。シコシコってやるんだ。そうしたら、すぐ終わる」

「…………」

もはや息すら漏らさず、香菜は白魚のような指を肉柱に巻きつけて、こすった。肉茎に対する刺激というとそうでもなかったが、香菜は精一杯やっているようだった。

徳治は一方の手で陰嚢を揉ませた。肉悦に縮み上がった陰嚢を、力のない香菜の指がそよ風のように撫でた。

香菜に両手で奉仕させながら、徳治は腰づかいを一定の律動にしていった。今や満足に呼吸を確保できなくなった香菜の喉は、ぬらりとしていた。粘膜がこなれて柔らかくなった感じだ。充血して分厚くなった、と言ったほうが近いかもしれない。

徳治は律動を速めた。分厚い喉粘膜を蹂躙して亀頭が食道にまで押し入っているのは、疑いなかった。喉を凌辱する音がぐぼぐぼっと立った。一秒でも早く解放されたがっている香菜は、まるで生き返ったように両手の指を稼動させだした。

「う～っ、香菜香菜、あ～～、お父さん、もう……もう……うっ！　ううっうーっ！」

香菜の頭を花瓶のようにかかえて烈しく上下させ、徳治は腰骨が砕けるような痙攣をともなう射精に呻き狂った。

4

ぐったりとして動くことも思いに任せない香菜を車に残し、徳治は朋代のマンションに行った。徳治がチャイムを押すよりも早く、ドアが開いた。

「香菜！　香菜は？」

「すぐ近くにいる。心配するな。今連れてくる。まず、中に入れ」

必死の形相で徳治の後ろを探そうとする朋代を押し戻し、徳治はドアを閉めてロックした。朋代が不審そうな顔をした。徳治は朋代を部屋に戻した。

「香菜に見せるおまえは、この格好じゃ駄目なんだ」

徳治はタンスの引出しを開け、何足ものパンティストッキングを取り出した。朋代が顔をこわばらせた。徳治は朋代の服を引き剝いだ。

「何をするんですか！」

「裸になるんだ。香菜に会いたくはないのか。会いたいだろ」

「そんな……そんな無茶な……」

なよとくずおれた朋代は、またたくまに裸に剝かれていった。全裸にされた朋代は悲鳴を上げた。パンストで縛られはじめたからだ。抵抗もむなしく、涙を噴きこぼす朋代は手足の自由を奪われていった。

一度手足を封じられた朋代は、ベッドで縛めを順繰りに解かれた。しかしそれは、別な縛《いまし》めを課せられるためだった――。

徳治はマンションを出た。

助手席で、香菜はまだぐったりとしたままだった。車内には精液臭が濃厚に立ち込めている。香菜の口に大量に迸り出た精液は、喉から鼻に噴き上げて飛び散ったのだった。

「起きろ。お母さんに会わせてやる」

徳治は半ば放心状態の香菜を引きずり出し、小脇にかかえるようにしてマンションの部屋に入った。

凛とした空気が感じられた。香菜が来たことを知り、せめてものたしなみ、朋代は気息を整えたのだろう。徳治は朋代のいる部屋に香菜を連れていった。

「香菜、こっちに来ないで！」

「うわっ！」

香菜と朋代が同時に叫んだ。

朋代はベッドに手足を縛りつけられている。頭は向こうだ。抜けるように白い股は大きく開脚させられ、香菜の目に、もしゃもしゃと茂った恥毛を乗せた桃色の花弁がモロに見えている。

「香菜、このいやらしい女が香菜の本当のお母さんだ」

「ああ、うそうそ！　お願い、ねえ、お願いよ、香菜、こっちに来ないで！」

髪を振り乱して頭をもたげ、美貌を歪めて朋代は叫ぶ。その朋代の膝のところに、徳治は香菜の顔を近づけた。ショックでいっそう体の力をなくした香菜は、拒むこともできない。徳治は香菜の顔を恥肉に押しつけた。

「いやあっ！　いやっいやっ、お願いですからやめてくださいっ！」

朋代は恥骨を少しでも下げようとする動きを見せて、わめき立てた。しかしそんなものは、何ほどの意味もない。徳治は香菜の口を恥肉にこねくりつけた。

「んむっ……むむう……」

かろうじて顔を横に振るだけの香菜は、真っ赤になっている。息を詰めているのだろう。

徳治は朋代に、香菜が育ての親の目を盗んで、弟の直矢に誘いをかけ、もう何年も前から淫らなことをしていること、昨日はついにセックスにまで及んだこと、つい今しがたも、車の中で自分のものをしゃぶり尽くし、精液を飲みさえしたことを、身ぶり手ぶりを交えて話した。

実の母の恥肉に口をこねつけられている香菜は、痙攣を起こしたようにかぶりを振った。ぬちょぬちょと、濡れた音が立った。

「なんだ、朋代、濡らしてるじゃないか」

徳治は朋代の恥肉から香菜の顔を離した。ほんの一時間ばかり前にこのベッドで徳治に好きなだけ刺し貫かれ、あぶくを噴いてよがり狂った朋代の恥芯は、連続のセックスのようにぬらりとした淫液をたたえている。

徳治は抵抗する気力も失せた香菜を裸に剝いていった。香菜はたちまちにして、クリーム色のソックス一つになった。

「何てこと……あなたは何てことを考えてるんですか。やっと……ああやっと香菜と会えたっていうのに……」

怒りと哀しみに吊り上がった朋代の大きな目から、泉のように涙が噴きこぼれた。

徳治は構わず香菜の手を取って、朋代の恥芯に指をくじり込ませた。

「いやあーっ！」

「ほら、香菜、お母さんのこと、悦ばせてやれ。お母さんのここ、くじってやれ。ぐちょぐちょって。お母さん、ここ、こうされるのが、何よりも好きなんだ」

徳治は香菜の右手の人差し指と中指と薬指を束にして、淫液こぼれる果肉を荒っぽく攪拌させた。

朋代は泣きわめき、右に左にと腰を躍らせた。逃れようとしてそうしているのだが、開脚の足首をベッドに固定されてのその動きは、淫らというしかない。

母の秘園を無理やり掻きくじらされている香菜は、怒ったような顔をしている。目は異様に輝き、緩く開いた口からは熱い息を吐いている。

突如襲った身の不幸、巨根を口淫させられ、噴き上がった精液を飲まされた衝撃、そして実の母と言われているこの女へのいやらしい行為に、感覚が麻痺しているようだ。

「お母さんのおマメをくりくりしてやれ。わかるだろ。直矢にいじくられて、香菜が一番気持ちよく感じたところだ」

徳治は、花蜜で濡れた香菜の束にした指を上に滑らせた。淫核に香菜の指が乗った。香菜の指を通して、しこった肉の突起を如実に感じ取ることができる。

突起を強くこすらせた。妙なことに、自分の指でそうするよりも、肉のしこり具合と突起が指から逃げる感じが、リアリティをもって伝わってくる。

「うっ、ああ……あーあー、お願い……香菜、やめて……ねえねえ、香菜……お願い、やめてちょうだい……」

大きく開脚させられている脂の乗った白い腿を、朋代はひきつらせ、わななかせた。怒ったような顔をしている香菜は、目をいっそうぎらつかせ、自分の指が蹂躙している母の肉のうねを見つめている。むしろ興味ありそうにも見える香菜を、徳治は可愛い、と思った。

「よーし、香菜、おまえはいい子だ。香菜も気持ちよくしてやるぞ」

徳治は香菜の体をかかえている手を下に滑らせると、ほんわりとした春草を搔きなぶり、幼気な肉のうねをいじくった。

「あ、いや……」

香菜はあえかな声を上げ、ずるずるとずり下がった。徳治は、膝で香菜のお尻を浮かして指をつかった。左の中指でやっている。香菜のクリトリスは指の半分の幅もない。しこり方も弱い。

「ほら、感じるんだ。お母さんだって、香菜におマメをくりくりされてよがってるだろ」

「嘘です。わたし、そんなふうになんてなってません」

「なるんだよ。おまえはこれが好きなんだ」

「ああ、そんな……ねえ、お願いです。もう……もう終わりにしてください」

「何を言ってるんだ。今、始めたばかりじゃないか。香菜、もっといやらしくやってやれ。お母さんがアヘアへするようにだ」

徳治は左手で香菜のおなかをかかえ直し、今度は右手で、ちっぽけな肉粒を猛烈な速さ、潰れるかという強さでいらいまくった。

「いっ、痛い……」

眉をしかめて香菜が徳治を見上げた。

「痛いか。そうしたらやさしくやってやる。その代わり、お母さんのここも気持ちよくさせてやるんだ。いいな？」

徳治の命令に、香菜は中指一本で母の肉の芽を一心にこすりだした。

「いや……あー、香菜、やめて……あーあー、香菜、お願いよお」

美貌をひきつらせて哀訴する母をよそに、香菜は徳治の指の半分の大きさしかない肉のうねをみるみる充血させ、小気味よくしこらせだした。いったんそうなると頂点を目指して硬直していくのは、男のペニスと同じだった。

「すごいな、香菜のおマメは。お母さんに見せてやろう」

徳治は香菜をかかえ上げると、朋代の顔をまたがせた。

5

徳治は朋代の顔のすぐ上で香菜のクリトリスをいじくってみせた。香菜は恥じらいに顔を染め、長い髪で朋代の白い肌を掃いて、深く俯いている。

朋代は香菜が顔をまたがせられたときに香菜の恥芯を見たが、すぐに顔をそむけ、それでも視野に入らないわけはない光景を、必死に無視しようとしている。

「ちゃんと見ろや。娘のものじゃないか」

「……………」

横を向いたまま、朋代は小さくかぶりを振った。徳治は朋代の顔を上に向けた。朋代は目をつぶった。

徳治はタンスに歩み寄ると、二十センチぐらいの長さの、コードレスのクリトリス用のバイブレーターを取り出して戻った。

「くわえな」

朋代に命じ、口に突きつけた。朋代は口を開けない。徳治は鼻をつまんで呼吸をできなくし、無理やりねじ込んだ。喉まで入ったらしい。朋代は真っ赤になり、むせんで白目を剝いた。

徳治はリビングに行き、ガムテープを持って戻った。バイブレーターのスイッチを『強』にして再び喉まで突っ込み、ガムテープで固定した。

「むうーっ。むっむ……んむむう……」

朋代は苦しげに顔を振り立てた。ガガガ……ガガガ……と、バイブレーターと歯がぶつかる音がする。徳治は朋代の顔を押さえつけ、香菜のお尻を落とした。バイブレーターは恥芯に突き刺さった。

香菜は悲鳴を上げ、体を弾ませた。徳治は朋代の顔と香菜のお尻を押さえ込んだ。香菜は悲鳴を連続させた。

「いいか。香菜がイクまでこうやってるんだ」

朋代にそう言ってから、徳治は香菜に、直矢にバイブレーターでよがらせられたことはあるか訊ねた。徳治にお尻を押さえられてひしゃげた四つん這いの格好になっている香菜は、弱々しくかぶりを振った。バイブレーターの甘美な刺激に、目をうつろにしている。

「舌を出せ。お母さんのでっかいマメを舐めるんだ」

「………」

陶酔の中でも、香菜は目を哀しくさせた。

「嫌なら香菜のおマメにピアスをしてやる。今すぐできるぞ。あそこにあるんだ」

徳治がリビングをあごでしゃくると、香菜はあわてて顔を落とし、赤く充血している朋代のクリトリスを猫のように舐めはじめた。

「んん〜、むっむ……んん〜っ」

バイブレーターにガチガチと歯を打ち当てて呻く朋代は、肉づき豊かな腿をわななかせた。香菜は指示どおりにしているはずだった。そちらは放っておき、徳治は朋代の顔と香菜のお尻を密着させて動きを封じた。

長い髪を乱して顔を動かしている香菜が、まだまだ少女と言ってよい膨らみ方をした尻肉を、ときおりひきつらせる。ひきつりは、朋代の顔を挟みつけている内腿にも生じている。

徳治は香菜の恥芯に指を潜り込ませた。香菜は、ものの見事に愛液を滲み出させていた。

(直矢のやつとずっとやってたからだな)

怒りが込み上げてきた。やはりこの娘は、十九年間という長い間、温めてきた自分の夢を無残に打ち砕いたのだ。取り返しはつかない。許すことはできない。

徳治はタンスから数本のバイブレーターを適当につかみ取って、戻った。そして、朋代がくわえさせられているのと同じぐらいの太さのペニス形のを選び、朋代の顔の前に立った。

何をされるのかと、朋代は目をいてバイブレーターと徳治を交互に見ている。香菜は指示どおり、朋代にクンニリングスをしている。徳治は香菜のおなかをかかえ込んだ。

プリプリとしたかわいいお尻の真ん中、薄い桜色をした菊門に、徳治はバイブを突っ込んだ。いや、突っ込むことはできなかった。菊門を押し込んだだけだ。

香菜が悲痛な叫びを上げ、体を跳ね起こした。徳治はおなかをかかえ直してねじ込んだ。人造ペニスの亀頭の先端が菊襞をめくれさせるが、はまるというところまでは、いかない。

「いやあっ、痛いっ、痛いよおーっ」

香菜は這って逃げようとするが、手をばたつかせるだけ。

「おとなしくしてろ。な？　今、いいことをしてやる。だからお母さんの、舐めつづけるんだ」

「いやっいやっ、お父さん、やめてえっ」

「お父さんを無視して、直矢とやった罰だ」

「いやだあっ。お母さん、助けてえっ」

香菜が初めて「お母さん」と言った。

ハッと我に返ったような顔をした朋代だったが、手足の自由を奪われ、さらに口までも封じられていては、どうすることもできない。朋代がしたことといえば、蹂躙されようとしている娘の菊襞と徳治を見上げる目から、驚くほどの涙を噴きこぼすことだけだった。

「香菜を捨てた女が香菜を助けてくれるわけがないじゃないか」

徳治はバイブレーターを香菜の菊門にねじ込んだ。朋代の哀しみの呻きと香菜の泣き声とが、部屋に響いた。

人造ペニスは幼い肛門粘膜をめくり返しているが、なかなか入っていかない。腕のほうが疲れてしまいそうだ。ぬめりを与えるしかないようだった。

徳治は朋代の口をふさいでいるガムテープを引き剝がした。唸りを上げて震えているバイブレーターを吐き出して朋代が叫んだ。

「やめてください！　香菜はまだ十九なんです」

「お生憎だな。体はもうとっくに大人になってるんだよ」

嘘だと泣きわめく香菜の体を右手一本で楽々とかかえ、徳治は菊門にバイブレーターをねじ込んだ。が、やはり無理だ。ぬめらせるよりない。

「朋代、香菜のケツの穴、舐めろ」

「お願いです。そんな無茶な……」

朋代の言葉の途中で、香菜が絶叫した。徳治が、渾身の突っ込みをくれたのだった。菊襞は陥没するような様相を見せたが、依然としてバイブレーターは埋没していかない。今にも粘膜が裂けそうだ。

不自由な格好で朋代が舌を出した。徳治は菊門が開くほど香菜のお尻を広げ、朋代の口に落とした。

朋代は我が子を不憫に思ったか、舌を長く伸ばして香菜の菊襞を舐めた。香菜は体を弾ませて逃れようとするが、逃れることはできない。

たっぷり濡らしてやるのだと朋代に言って、徳治は今まで挿入を試みていたバイブレーターを捨て、クリトリス用の大きな突起がついたバイブレーターを取り上げた。コード付きのレンガ色のもので、亀頭部は今のやつの倍は、ゆうにある。

「やめてください！」

目をひん剝いて朋代が叫んだ。新しいバイブレーターのことは知らない香菜は、ただ、後ろの穴を犯される恐怖におののいている。

「でかいほうがイイんだよ」

徳治のその言葉に香菜が振り向いて、悲鳴を上げた。その悲鳴はそのまま、処女の部分を凌辱される叫喚に変わった。

肛門粘膜全体の四倍はあるだろう直径の亀頭部が、桜色の肉襞を陥没させた。朋代から与えられた唾液が、襞々からあぶくとなって噴き上がった。

「痛いっ、痛いよっ、アッア！　お父さん、やめてえっ！」

「あなた、堪忍してやってください！」

「駄目だ。香菜は取り返しのつかないことをしてくれたんだ。うん。一本じゃ俺の気が収まらん。二本だな」

「いや〜っ」

という叫びが、すーっと消えていった。香菜のおなかをかかえている徳治の腕に、ずっしりと重量がかかった。気絶したらしい。

徳治は今まで朋代にくわえさせていたバイブレーターをベッドから取り上げ、再び朋代の口にくわえさせると、香菜の膣に挿入させた。ひくひくと、香菜の白い肌がさざ波を起こした。何度かそれが繰り返され、そして香菜は息を吹き返した。

「あう……あ、ああ〜っ」

快楽と苦痛のごちゃ混ぜなのか、香菜は総身をうねらせ、身悶えた。徳治はまたバイブレーターを後ろの穴にねじ込んだ。菊襞が、色をなくしてむくれ上がった。そして、ぬちっという手応えで、亀頭部は没した。

没した亀頭冠に、襞がみっちりとかぶさった。徳治は左右にひねりながら挿し込んだ。なだらかな湾曲の白いおなかが膨らむような反応を見せ、人造ペニスが飲み込まれていく。

「うぐっ……！　あ、あ……あぐぐう……」

香菜はまた、気を失いつつあった。徳治は朋代に、香菜の膣に挿入しているバイブレーターを抜き挿しするよう命じた。朋代は従順に顔を振り立てた。香菜は瀕死の息ながら、意識を戻した。

直腸深く人造ペニスを埋没させ、徳治はスイッチを入れた。色をなくした肛門粘膜をけむらせて、バイブレーターは内にこもった唸りを轟かせた。朋代は命令どおり、膣に挿し込んだもう一本を小刻みに抜き挿しさせている。

「うぐー……あ、あーあー……あーあー……あーあー……」

二つの穴を蹂躙され、力まないわけにはいかないのだろう。香菜は手足はだらりとさせたまま、肩と背中、そして徳治がかかえているおなかを目一杯こわばらせている。

「どうだ、香菜。香菜の前の方にバイブを突っ込んでるのが、香菜の本当のお母さんだ。ひどいことをするもんだよな」

うわーっ、とわめき立て、朋代はバイブレーターを口から吐き出した。

「そんなひどい。わたしはあなたに無理やり命令されてしただけです」

「それは悪かったな」

徳治は後ろの穴に挿し込んでいるバイブレーターを乱暴に抜き挿しした。

「ひぃ〜っ、ひっ……ひぃぃ〜っ……」

総身を震わせて香菜はむせび泣いた。肩や背中には力が入っているが、泣き声は力のないものだった。そして何秒とせず、泣き声は消えていった。

徳治は香菜の菊門からバイブレーターを抜き取った。濡れた大きな音が立った。失神した香菜がヒッ！と叫び、すぐさまぐったりとなった。徳治は香菜をベッドにころがした。

香菜は朋代の左脚に背中を乗せ、誇らしくも乳房を盛り上げて仰向けになった。意識は戻っていないが、一時の解放に心底喜んでいるような顔をして気を失っている。

徳治は口を歪めて朋代を見下ろし、服を脱いでいった。これから始まろうとする母娘凌辱に肉柱はいきり勃ち、気炎を噴き上げている。

隆々と反り返った巨砲を朋代の顔の上にこれ見よがしに突き出して、徳治は気を失ったままの香菜を引っ張り起こした。

「香菜を許してやって下さい。自分たち親子をこれ以上苦しめないで下さい」

涙に濡れた目に新たに涙を溢れさせ、朋代は懇願した。徳治は無視して朋代の上に香菜をうつ伏せに重ねた。それでもまだ、香菜は息を吹き返さない。

丸々と膨らんだ熟女の乳房と、形よく実った若い乳房とをくっつけた。そんな体位にされたことに気づかない香菜は、朋代の顔の横に顔を落としている。

「何をしようっていうんですかっ」

縛りつけられている四肢をばたつかせ、顔を険しくして朋代が叫んだ。その声で香菜は目を覚ました。

肌の感触で徳治の上に乗せられているとでも思ったのか、香菜は手を突っ張らせて体を起こそうとした。が、顔をやっともたげただけだった。意識は、完全には戻っていないようだ。

6

香菜がそうしたことで、恥部と恥部が密着した。徳治はその光景を、香菜のお尻のほうから見た。

果蜜と唾液でぬらぬらとぬめっている朋代の恥肉に、あと五センチで香菜の果肉が接しようとしている。陰阜同士は完全に接合していて、朋代の生い茂った濃い秘毛と楚々とした香菜の秘毛とがからまり合っている。

桃色の花弁がべろりとめくれ返っている朋代の恥芯と比べて、香菜のはいかにもつつましいが、今までのバイブレーターでの蹂躙のせいか、とろりとした蜜を広げている薄桃色の粘膜は、淫らにすら見える。

もし直矢との淫行を重ねていなければ、こんな淫らな姿とは遠く隔たったものだろうと思うと、百回犯しても犯しきれない怒りとやるせなさが湧き上がり、徳治は唸り声を迸らせて香菜のお尻に乗っかっていった。

「うぐ〜っ」

と低く呻いたのは、二人の体重をまともにくらった朋代だった。徳治は朋代のことなど何一つかまわず香菜に覆いかぶさっている。朋代は肺が潰れそうな苦しみを味わっているだろうか。

香菜の尻肉は、接した徳治が悲鳴を上げたくなるような、実に小気味よい弾力をしていた。二つの球体の合わせ目が、とにかくきつい。香菜の脚は、大きな開脚でベッドに固定されている朋代の両脚に重なっている。徳治に乗りかかられても香菜は反応を見せない。意識がまた混濁したのかもしれなかった。

徳治は香菜の脚をさらに広げさせ、朋代の腿をまたがせた。香菜の鼠蹊部か骨盤が、鈍い音を立てた。

「……んっ……」

頭を振って香菜が体を起こそうとした。が、体の上には徳治の分厚い壁がある。

「昨日、直矢にしこたまよがらせられたところ、またよがらせてやるからな」

香菜の頭の上で徳治は言った。間髪を容れずに香菜がわめいた。

「やめて！」

「あなた、やめてください！　お願いです！」

蒼白の般若のような形相で徳治を睨み、朋代が叫んだ。

「嫉妬するんじゃないの。いい子にしてな。な？　おまえにもすぐやってやるから」

下卑た笑いを朋代に見せて、徳治は腰をせり出した。

特大の亀頭が秘口をうがった。が、没してはいかない。徳治の肉柱の力で、香菜のお尻がひしゃげて浮き上がった。徳治は腹で香菜のお尻を押し込み、ぐいぐいと突き上げた。秘口の広がりは感じられるが、挿入には程遠い。

「痛いーっ。アッアッ、お父さん、痛いよおーっ！」

香菜は頭を振り立て、朋代の顔に顔をぶつけ、四肢をわななかせて泣き狂った。

（くーっ。どうだ。たっ、堪んねえな！）

涎が垂れるのも構わず徳治は喜悦した。この叫びを、自分は長いこと待ちに待っていたのだ。すでに香菜は処女を散らされたとはいえ、これだけの苦痛を見せるのであれば、処女を蹂躙しているのとさして変わりはないだろう。

「痛いわけ、ないだろ。毎晩、直矢のやつと乳繰り合ってんだろ？」

徳治はわななき悶える香菜の細い肩を両手で抱き込み、サカリのついた犬顔負けの突っ込みを繰り返した。肥大した亀頭は、秘口だけでなく恥肉やら菊門やらを突きまくっている。

「あなた、お願いです。香菜のこと、もう許してやってください」

手足の自由を封じられ、口でしか抗議の手段を持たない朋代が、涙を振り飛ばしてわめき立てる。せせら笑いを朋代に返し、徳治は香菜のヴエストに両手をかけた。

大きいオナマシーンにペニスを挿し込むような気分だった。若くてピチピチした、生身のオナマシーン。心の底から喜びの震えが湧き起こる自らの反応にめくるめく陶酔感を覚えながら、徳治は思い切り腰をせり出した。

ぬちっと果肉がめくれた。亀頭表面に舌がつけられたような感触だ。しかしまだ、はまってはいない。

「いっ……痛いよ……痛いよ痛いよ……お父さん……痛いよ」

消え入りそうな声で香菜が訴えている。普通の声を出すだけの力がないのだ。ウエストを抱かれているだけだから、ほかに何かできそうなものなのに、朋代の顔の脇に手を突っ張らせ、ぶざまなガニ股のまま、香菜はひたすらわなないている。

徳治は歯が砕けるほど食いしばり、全体重を乗せて渾身の突きをくれた。ぶちっ！という手応えがあった。亀頭冠に襞がかぶさったのが、わかった。

香菜が尻肉と内腿を痙攣させた。徳治は膣襞に亀頭をめり込ませた。香菜の尻肉がしなり上がった。ぬるぬるぬると、肉柱は埋没した。

細やかにわななく香菜の白い背中に、汗が滴った。徳治の額と鼻と顎からだった。それだけの力を込めていたことを、徳治はあらためて知った。震えるような歓びが徳治を襲った。

（処女とおんなじじゃないか！）

百戦錬磨を自認している自分が、汗を振り飛ばしてでなければ挿入が果たせないということは、処女を刺し貫いたのと同然。

（極楽じゃないかよお！）

腹の底から笑いが込み上げてきた。実際に、会心の笑いで腹が上下した。その動きは肉柱にも及んだ。亀頭のくびれまではまっている肉柱に巻きついている膣襞のきつさ、狭さが、イヤというほど実感された。

「どうだ、香菜、はまったぞ。直矢のよりはでかいだろ。うん？」

腰をしゃくり上げながら徳治は言った。が、香菜はというと、朋代の顔の横に顔を落とし、ぐったりとしている。またしても意識を失ったようだ。

失神されていては面白みがない。百戦錬磨の逸物を覚めた意識でじっくり味わってもらわなくては、納得できなかった。徳治は朋代に命じた。

「香菜の目を覚まさせろ」

「無茶です。香菜は失神してます。このまま息ができなかったらどうするんですか」

「だから目を覚まさせろって言ってるんじゃないか。わからんやつだな」

「わたしは縛られてるんですよ。できるわけがないじゃありませんか。ねえ、香菜が死んでしまいます。お願いですからやめてあげてください。香菜がかわいそうです。香菜がかわいそうすぎます」

「しゃあないなー、もう。よしと、息を吹き返させてやるか」

徳治は一瞬にして肉柱を引き抜いた。ぐぽっと大きな音を立てて、どす黒い巨根は抜け出た。ヒッとあえかな悲鳴を上げ、香菜は息を吹き返したらしい。

徳治はリビングに向かっていた。

7

徳治はピアサーを持って戻った。

息を吹き返しても母の上でぐったりしている香菜にはわかる由もないが、徳治を目で追っていた朋代には、もちろん見えていた。

「何をしようっていうの！」

絶叫と言ってもいい声で朋代が叫んだ。母の悲鳴に香菜が顔を上げた。が、徳治が手にしているものは目に入らない。

徳治は香菜の上体をかかえ起こした。小気味よく肉の詰まった乳房は、朋代のものか香菜自身のものか、ぬらぬらと汗でぬめっている。乳首はつややかで鮮やかな桜色に発色している。

徳治は手前側、左の乳房をすくい上げ、乳首を絞り出した。乳首はやや色を薄めて飛び出した。

「やめてください！　頭でもどうにかなったんですか。お願いですから無茶なこと、考えないでくださいっ！」

「何言ってんだ。あん？　乳首にピアスをしてる女なんて、今どきいくらでもいるじゃないか。ファッションだよ、ファッション」

「ひっ……」

ピアスと聞いて完全に息を吹き返したか、香菜が立てさせられている体を弾ませ、徳治が手にしているピアサーを見て目を剝いた。

「やっ、やだっ……」

「やだ、じゃないの。嬉しいだろ。喜べや」

「やっ、やだやだっ。お母さん！」

香菜は泣き叫びながら乳首をかばった。が、徳治の力に敵うわけもない。

「あなたっ！　熊井さん熊井さん、やめてくださいよおっ！」

「今は穴開けが一つしかないんだ。だから今日はこっちの乳首だけな。明日買ってきて、そっちの乳首と、それからクリトリスにもピアスをしよう」

「やだっやだっ。お母さん助けてっ」

「あなたっ、やめてくださいっ！　お願いです。ほんとにお願いです！」

徳治は二人の叫びを無視してピアサーの隙間に乳首をねじ込むと、ピストル型の引き金を握り込んだ。

「あっ……あっあっ……」

香菜は徳治の手をつかみ、今にも気を失いそうな声を上げた。指をつかまないのは、その一瞬でピアスされると思ってのことだろう。ピアサーはプラスチック製の透明のケースだ。ピンク色をしたバネが圧縮され、針が乳首を狙っている。

「あっ、あ……あ……」

乳首に穴を開けられる寸前の香菜は、わなわなと震えている。震えるのはどうしようもないのだろうが、震え方を必死に抑えているのが如実に感じられる。乳首が切断されるかもとでも恐れているのか。

徳治は引き金を引いた。バチッ！　という音がして、バネは戻った。針はもう、ケースにはない。

香菜は声をなくしている。それは、朋代も同じだった。

徳治はケースを取り去った。香菜の乳首にはルビーのピアスがしっかりと装着されている。むろん乳首を貫いた針には、ストッパーがはまっている。

「痛いか？　痛くなんてないだろ？　お母さんなんか、耳に四つも開けてるじゃないか」

「……ひどい……ひどいこと、するんですね。ほんとにあなたって人は……」

「香菜、どうだ。痛くも痒くもないだろ」

「……熱い……」

眉をやるせなげに歪めて香菜が言った。

「熱いか。少し冷まさなくちゃあな。それに、消毒もしなくちゃならん」

徳治は香菜の背中を抱き、ピアスをした乳房をやんわりとすくい上げた。ピアスは瞬間的に装着されるので、出血はない。乳首を口に含んだ。

腋側に突き出ている針の先が舌に触る。ゾクゾクするような、異様な感じだ。乳暈ごと、広く乳首を吸った。

「あ……」

香菜が胸をすぼめた。感じてそうした反応のように、徳治には思えた。その徳治自身、言いようのない快楽の世界に飲み込まれていくような陶酔感を覚えた。

ピアスに直接触れないようにして、徳治は乳首をそっとすすった。香菜が、肩をひくりとすくませた。やはり感じての反応のようだった。徳治は乳房を貪るように含んで吸引した。

「うくっ……」

喉の奥から苦しげな呻きを漏らして、香菜はのけぞった。髪が肩から滑り、徳治の頬にさわさわとかかった。徳治は乳房を吸引しながら、乳首を舌先でなぞった。

「う……うう……」

香菜はますます肩をすくませて、快楽の様を示した。大股を開いて朋代の秘部に馬乗りになっている香菜の腰が、妖しい蠢きを見せている。乳首を舌先であやしながら徳治は香菜の秘芯に指を這わせた。

秘芯はしとどに濡れ溢れていた。間違いなく、香菜は感じていた。徳治は恥肉の奥に指を潜り込ませてくじり、そして秘口をうがった。挿し込んだ指を、膣口がしっぽりと締めつけた。挿入を待っていたような反応だった。

「見ろ。香菜は感じてるじゃないか」

徳治は朋代に告げると、先刻のように香菜の後ろに移った。乳首にピアスをされて感じた香菜だったが、徳治の巨大な剛直でまた蹂躙されると知ったか、一転してあがった。

「やだっやだっ、お父さん、やだよおっ」

「何が嫌だ。感じてるんだろ？　もっと気持ちよくしてやるから、おとなしくしろ」

徳治は香菜の体を朋代に重ね、桃肉の谷間に剛直を差し込んだ。濡れた恥芯が、ぐぼりと音を立てた。しかしやはり、亀頭と秘口の直径が違いすぎる。一筋縄では没していかない。徳治はグイグイと腰をせり出した。

「やめてえーっ！」

「大丈夫だ。すぐよくなるって」

香菜のおなかをかかえ込んで徳治は突きすすんだ。ぬちょり、くちゅっという感触とともに、亀頭は埋没した。

「ううっ、ア……ア、ア……ア……」

一声一声小さくして香菜は呻き、徳治の巨根があらかた姿を隠した時、その声すら出せずに朋代の上にへたばった。香菜の顔の横から鬼のような顔をした朋代が徳治を睨み上げて、叫んだ。

「あなたはケダモノです！」

だが、二人が乗りかかっているためにろくに息ができない朋代の罵声は、ささやき声のように小さいものだった。

「俺がケダモノなら、乳飲み子を捨てたおまえとダンナはケダモノ以下じゃないのか。何のかの言って、おまえもしてほしいんだろ」

徳治はきつい膣口から肉柱を引き抜くと、ずっぷと朋代を犯した。だいたいの感じで腰を突き出したのだったが、大開脚の蜜壺にまともにはまっていた。

「アア〜ッ！」

その瞬間、鬼顔から恍惚とした熟女の顔に変わった朋代は、香菜の体を浮き上がらせてのけぞり、腹の底から噴き上げるような喜悦の叫びを迸らせた。耳をつんざく叫びに香菜は息を吹き返し、寒さにおののくように身震いした。

「ほら、香菜、見てみぃ。これがおまえのお母さんの本当の姿だ。これなしではたったの一日だって生きていけない、哀れな女なのさ」

徳治は大腰をつかった。長大な肉幹は根元近くまで没入し、朋代の膣襞をこすり立てている。が、徳治の下腹部に重い律動で当たっているのは、弾力の塊のような香菜の尻肉だった。

（おー、イイ。もう、もう、極楽じゃないか）

話にしか聞いたことのない母娘どんぶりに痺れまくり、徳治は香菜の背中に涎を滴らせた。大腰四十連発を朋代に見舞ってから徳治は肉幹を引き抜き、返す刀で香菜を凌辱した。肉幹はどっぷりと濡れていて、思いもかけずに滑らかに香菜の膣奥深く侵入した。

「ああ〜っ」

と叫んでしなやかに背を反らした香菜のその様は、悦びに喘ぐ女の姿以外のなにものでもなかった。

膣襞はきつく、まだ十分にこなれていなくて当然。その上、徳治のモノは特大。それにもかかわらず香菜がそんなよがりざまを見せたということは、天与のものか。乳首のピアスが効いたのか。

それとも、直矢との度重なる乳繰り合いの結果か。

(くそお〜っ)

嫉妬の炎が燃え盛った。徳治は肉幹を引き抜くが早いか香菜の菊襞に突き立てた。

もちろん、入ってはいかない。

「うわーっ！」

香菜は朋代の頭のところで手をばたつかせて暴れた。

「あなたっあなたっ、許してやってください」

「うるさいよ、おまえは。後ろをやるんだ」

徳治は香菜の菊襞に亀頭をこねつけた。菊襞が凹んだ。香菜は尻肉をひきつらせ、背中を丸めた。たぶんそれは、肉体の反射でそうなったのだ。が、背骨から仙骨までが湾曲して、挿入の角度が保てなくなった。

背中を丸めたままの香菜を、徳治はかかえ上げた。香菜は何とかして股を狭めようとしている。しかしそれはできなかった。大きく開かせられている朋代の両脚が邪魔をしていた。

徳治は巨根を真上に突き出した。と同時に香菜の体を落とした。ぬちっという手応えで亀頭は粘膜に包まれた。徳治は香菜の腰を押し下げた。渾身の力で巨根をせり上げた。襞が裂けるような音がした。

「ヒィ〜ッ！　あっあ……ヒィィ〜ッ！」

香菜は四肢をわななかせて絶叫した。暴れていた両手は、中途半端な万歳の格好で止まっている。顔はガックリと落ち、長い髪がけむるように震えている。

その白い背中に、粟粒のような鳥肌が立っている。脇腹にも腰にも、肩にも腕にも、粟立ちが密生している。

（あとはもう、このままやればいいんだ）

徳治は香菜の背中に汗を滴らせながらも余裕を得、香菜の体の前を見た。

ルビーのピアスを射ち込まれた乳首が、小気味よいしこりを見せていた。乳首は精一杯の充血を示し、グミの実のようにそそり勃っている。形のよい乳房全体が、粟立ちに覆われていた。

「感じてるんだろ、香菜」

感激に叫びたい思いで徳治は言った。香菜は何とも答えない。髪が、わずかに揺れた。俯いている顔が、いくらか横に動いたのか。

「感じてるんだろ、香菜。もっと感じさせてやるぞ。女に生まれた良さを、たらふく味わわせてやるからな」

徳治は腰を横振りさせて巨根を埋没させていった。

「ああ……あああ……あ……あ……」

肉幹の没入とともに、香菜の体は落ちていく。徳治は香菜を朋代の体に重ね、動けぬよう体重を乗せた。下の朋代が、悶絶しそうな唸り声を放った。

徳治は腰をたわめて香菜の菊襞を凌辱した。亀頭は完全に没し、こちらが悲鳴を上げたくなるきつさの直腸にくねり込んでいく。

「うぐっ、ぐう〜っ！」

香菜が、地響きを立てそうな呻きを漏らした。徳治は腰を送った。直腸は、膣とは違った。行けども行けども行き止まりというものがない。厳しく締めつける粘膜をくぐり、肉幹は根元まできっちりとはまった。

「どうだ。香菜。イイか」

徳治は香菜の肩に両手をかけ、肉幹の挿し込みと肩の引きつけがカウンターになるようにして、抜き挿しを開始した。

抜き挿しをしてみると、厳しい締めつけの直腸粘膜は、膣襞に勝るとも劣らない快感を肉柱に見舞ってくることがわかった。

喜悦の呻きを堪えることが困難な快美感は、菊襞だけではなかった。丸々とした球体の尻肉の弾力が、素晴らしいの一言に尽きる。香菜の桃肉は固めの弾力を有していて、下腹部を跳ね返すその心地よさに、徳治は酔い痴れた。

「うおお……うお、おお……」

長い髪を躍らせて徳治の抜き挿しを受けている香菜が、内にこもった声を漏らした。直腸深く蹂躙している肉柱にまで響く重い呻き声だった。粟粒立っていた香菜の総身に、さざ波のような痙攣が生じている。

(これは……、感じてる!)

徳治は慄然とする歓びに撃たれた。香菜が感じていると思ったその時、肉柱の抜き挿しが驚くほど滑らかになっているのを徳治は知った。

凌辱部を見てみると、抜き挿しにつれて盛り上がったり凹んだりしている薄桃色の菊襞には、ねっとりとした白濁液が溢れ返っている。

（感じてるんだ。前よりも、こっちのほうがいいのか）

腰の律動を極めていった。烈しい動きを食らって苦しそうな朋代が、妙なバイブレーションのかかった声で哀訴した。

「やめて、くださ〜い。香菜が、死んでしまいますう〜」

「馬鹿を言うもんじゃない。香菜はよがってるんだぞ。どうだ？　おまえもよがりたいんだろうが」

徳治は香菜の桃肉に腹を叩きつけた。肩をつかまれて背をたわめた香菜は、うおお、うおお、とくぐもった呻きを漏らしつづけている。

肉砲を引き抜きざま、徳治は朋代を犯した。香菜の尻肉をひしゃげさせる乱暴な動きで、熟女の膣に杭打ちを見舞った。

「ああ〜っ、アッア、いやあ〜っ！」

香菜の体の下で、朋代は生き返ったような大声を張り上げた。

第五章　侵入者

1

翌週の金曜の夜更け。兼松純一郎は熊井家の二階ベランダにひっそりとうずくまり、窓の隙間から室内を窺っていた。

ベッドでは徳治と早智子が夫婦の営みをしている。といっても、普通の夫婦のセックスとはいささか趣を異にしていた。

今、全裸の徳治は早智子の股のところに身をかがめて恥唇に口をつかっているが、使用人が上流夫人の恥部を舐めさせてもらっているとでもいうような、見るからに卑しいやり方だ。

夫にフェラチオのひとつもしない早智子は水色のネグリジェを喉元までまくり上げ

られ、下は丸裸にされているが、ただ仰向けになっているだけ、時おり枕から頭を浮かし、卑しい様でクンニリングスをしている夫を蔑んだ目つきで見ている。

徳治の愛撫で早智子が昂ることはない。そのうち徳治が挿入して犬のように腰を振りはじめても、同じことだ。

仮にバイブレーターのようなものを徳治が使ったとして、それには嫌でも早智子は反応せざるを得ないだろうが、早智子に性具を使うということ自体、徳治はできない。

結婚して十七年も経つのに、二人の間にある「身分」の垣根は依然、越えられないものとしてあるのだった。

(熊井、楽しみにしてろ。もうすぐいい思いをさせてやるからな)

鼻でせせら笑って純一郎は窓から離れた。二メートルは離れている隣のベランダに飛び移って、いよいよ室内に侵入する。

純一郎は復讐の鬼と化していた。戸籍上だけ妻である朋代を性奴とするのはともかく、娘の香菜を弄《もてあそ》ぶ罪を許すことは、死んでもできない。

借金のカタに取られてしまった香菜の様子を、純一郎はずっと窺っていた。徳治も早智子も香菜を我が子同然に育ててくれていた。

それには感謝していたのだ。が、事情は変わった。朋代が東京に舞い戻ってきてから、徳治は変わってしまったようだった。

戻ってきた朋代のことを純一郎が知ったのは、ほんの偶然だった。深夜警備の仕事が終わった夜更け、車から降りる徳治を見たのがそのきっかけだった。

徳治はとあるマンションに入っていった。徳治が二階の部屋に入るのを見届け、純一郎はポール伝いにベランダに上がった。驚いたことに、そこで純一郎は朋代を見たのだった。

朋代は徳治の性奴となっていた。そのこと自体にはさして問題はない。朋代は自分から去っていった女だし、純一郎としてももはや過去の女だった。戸籍をそのままにしてあるのは、抜く必然性というものが純一郎になかっただけの話だ。

しかし、母と娘を同時に相手にするというケダモノのような欲望を徳治にいだかせたのは、間違いなく朋代だろう。身も世もない朋代のよがりざまに、徳治は悪魔の願望を持つようになったのに違いない。

もし徳治が妻の早智子と普通の夫婦の関係であれば、そこまで狂うことはなかったかもしれないが、早智子との再婚の当初から、性というものに対してねじれたものを持っていたということも考えられる。

そういった原因はともかく、香菜に凌辱の限りを働く徳治の姿に純一郎は復讐を誓ったのだった。

香菜は今、あのマンションに移って朋代と住み、大学に通っている。香菜は母と一緒にいることだけを生き甲斐にしているようだ。

朋代も香菜の将来を考えてか、今またどこかに身を隠すということは頭にないようだ。そうして夜は母ともども、徳治の性の玩具になっている。

といって純一郎は、その現場に踏み込んでいくことはできなかった。マンションに顔を出すこともできない。この十九年間、ひそかに成長を見守ってきた香菜ではあるが、徳治に売ったも同然。それが元で朋代は失踪したのだ。いまさら二人と顔を合わせることはできなかった。

命を取るとはいわない。しかし、徳治の家族が二度と幸せな顔を合わせられないようには、してやる。いや、明日から、この家族が一緒に住むということはないだろう。いやいや、今晩からか。

純一郎が金曜の夜を選んだのは、絵美が寄宿舎から帰ってくるのが金曜だからだった。香菜と違って自分の娘である絵美を宝物としている徳治が金曜の夜は必ず家にいるのは、純一郎は知っていた。

そして、ひと時を絵美と過ごした徳治が、その幸せな気持ちゆえか劣情を起こし、いまだ意のままにならない早智子を抱くのも——。

まだ十一時にもなっていない時間だが、中学から寄宿舎生活を送ってクリスチャン教育が身についている絵美は、とうに寝ているだろう。純一郎がここに来た十時過ぎには、絵美の部屋の明かりはもう消されていた。

純一郎はリュックからガムテープと大型ドライバーを出し、窓ガラスを破りにかかった——。

2

音もなく窓を滑らせ、純一郎は室内に侵入した。甘い香りが立ち込めている。一週間に一度の帰宅だが、十八歳の体香は主のいない間も室内に残っているのか、部屋全体が濃厚な蜜の匂いを放っているようだ。

純一郎は懐中電灯をつけた。絵美は、朱色のカバーの大きなベッドに身を横たえていた。ひまわり色のパジャマを着た肩が、掛け布団から出ている。

徳治が宝物のように大切にしている清楚な顔立ちの絵美は、一週間の疲れか、部屋が明るくなっても軽い寝息を立てている。純一郎は、絵美の顔にライトをまともに浴びせた。

顔をしかめて絵美は目を開けた。その瞬間、顔がひきつった。白い喉に、純一郎がサバイバルナイフを突きつけたからだった。

「声を出したら喉をえぐる。わかったらうなずけ」

充血した目で純一郎を見上げ、絵美はうなずいた。そのとたん絵美は悲鳴を上げた。ナイフの先が喉に当たったのだ。

「声を出すなと言ったはずだ」

絵美は瞳孔を開いて純一郎を見つめた。顔からは血の気が引き、顔が一回り小さくなったように見える。純一郎はもう一度念を押すと、ドアのところのスイッチを入れて明かりをつけ、ベッド脇に戻った。

「おれは香菜の親だ。今まで香菜が世話になった礼をしにきた。おまえの親父が香菜をかわいがってくれた礼だ」

純一郎の言葉に、状況の呑み込めない絵美はただ小さくかぶりを振った。掛け布団を剝ぎ、純一郎は絵美の肩をむしるようにつかんで起き上がらせた。

絵美は歯が合わさらないくらいに震え、両手で胸をかばっている。純一郎はその手をどかせ、ふんわりと盛り上がっているパジャマの胸をまさぐった。

悲鳴を上げようとした口を、絵美は引き結んだ。目の前にあるものに怯《ひる》んだからだった。

純一郎はリュックからスプレーを出していた。布粘着テープを巻き、印をつけてあるだけなので、中身が何であるか他の者にはわからない。

「接着剤だ。目も耳も永久にふさぐのは、わけがない」

絵美は氷漬けにされたようにおののき、両手で顔をおおった。

「ベッドから下りて裸になれ」

純一郎は命じた。絵美は顔を強く伏せ、いきなり嗚咽《おえつ》しはじめた。純一郎は襟から腰まで、パジャマを一気に切り裂いた。絵美が、真っ青な顔で純一郎を見上げた。

「自分で脱げ。ナイフで肌に血の筋をつけてもらいたいか。接着剤がいいか」

冷静な声で言う純一郎を絵美は大粒の涙をこぼしながら見つめ、胸の前で手を組んで祈るしぐさをした。純一郎は絵美の前髪を握り込み、スプレーを絵美の顔に向けた。

「脱ぎますうっ」

絵美は転がるようにしてベッドから下り、慌てふためいた手つきでパジャマを脱いだ。

眩しいばかりの全裸だった。蠟《ろう》を塗り込んだような十八歳の白い肉体は中肉中背と言っていいプロポーションだが、ウエストはすでにたおやかなくびれを見せはじめ、太腿はいかにも女っぽく、むっちりとした肉づきをしている。

しかし秘毛は淡かった。局所だけを見るとまだ中学生かとも思える楚々とした和毛で、ふっくらとした陰阜をけむるように飾っている。十二歳からミッション教育を施された絵美は、そこに淫らな指を這わせるなど夢にも思わないだろう。

そのことは、両腕に半ば隠されている乳房にも言えるだろう。秘毛以外は十分に大人であるほかの部分同様、乳房そのものは実っている。

だが、小粒の乳首はむしろ楚々とした秘毛につり合って初々しい桜色に輝き、指でひとこすりもしたことがないような脆さを見せている。

絵美が恥じらいの乳房と秘部を手で隠したのは、ほんの一、二秒のことだった。すぐさま純一郎の命令で手を離さなければならなかったからだ。

修道女にでもなれば一番似合うかという顔を哀しげに歪め、絵美は両手をおなかに当てた。両の二の腕で狭められて、発育した白い乳房は丸々と突き出した。頂を飾る乳首は、八割方熟したサクランボのようだ。

「これからみんなのところに行くぞ」

純一郎は顎をしゃくり、ドアを示した。

濡れた睫毛の大きな目を二度、三度としばたたき、絵美はいっそう哀しげな表情を見せた。鼻筋はすっと通り、それに見合って唇の形もよい。血の気の失せた頰は今は引き締まっているが、いつもは柔らかい肉がぽてっとついている。

もう一度言って、純一郎は右手のスプレーをちらつかせた。左手にはナイフを握っている。長い黒髪を背中に滑らせ、絵美は先に立って歩きだした。重心が乗るとこんもりと膨らむ尻肉を見ながら、純一郎は後についていった。

部屋を出て右手が徳治たちの寝室だ。召使いと貴婦人のような営みは、もう終わっただろうか。純一郎は反対側、直矢の部屋に絵美を向かわせた。

純一郎はドアを開けた。ベッドに腹這いになってコミックか何かを見ていた直矢はゆっくりと首をひねって純一郎たちを見るなり、跳び上がった。純一郎は絵美を部屋に入れ、ドアを閉めた。

「静かにしろや」

「なっ、何ですか」

ベッドに起き上がった直矢の顔に純一郎は、素早くスプレーを噴射した。一瞬にして首から上を真っ赤にし、直矢はひっくり返った。絵美が悲鳴を上げた。純一郎は絵美の顔を抱き込んで口をふさぎ、直矢にライターを突きつけた。

「ラッカーだ。顔が火だるまになるぞ」

「なっ……何なんですか……」

顔を覆った手も真っ赤にして直矢は泣き声を出した。絵美は全身をガクガクとさせ、もう、声も出ないようだ。純一郎は絵美を離し、リュックから別のスプレーを出して直矢の鼻に押し当てた。

「農業用の殺虫剤だ。鼻の中にスプレーしたら、死ぬぞ。たっぷり苦しんでな」

「………」

ベッドのヘッドボードに背中を押しつけ、直矢は武者震いのように震えた。純一郎はうつ伏せになるよう、直矢に命じた。一瞬のためらいを見せた直矢の顔のすぐ前で、純一郎はライターをつけた。直矢は滑り込みをするようにベッドに伏せた。

純一郎は直矢の盆の窪にナイフを突き立て、リュックからロープを取り出して絵美に手渡し、直矢を後ろ手に縛らせた。絵美は手をわななかせてはいるが、結構うまく縛っている。純一郎はパジャマを切り裂いていき、直矢も丸裸にした。それからあらためて、ロープを堅く結んだ。

絵美を従え、直矢を引っ立てて、純一郎は徳治たちの部屋に向かった。

とっくに終わっているかと思った営みは、まだつづけられていた。いきなり開けられたドアを見た徳治は、早智子に乗りかかって腰を振っているところだった。早智子が悲鳴を上げたのは、絵美と直矢が全裸だからというより、直矢の顔が真っ赤になっているからだったろう。

「兼松……!」

わけがわからないという顔をした徳治が体を起こした。射精直前だったのか、黒々とぬめ光った肉柱は大きく脈を打って聳えている。

「そこから動くな」

言いざま純一郎は直矢の顔をかかえ込み、もう一本のスプレーを少しだけ噴射した。

直矢が絶叫し、カーペットに転がった。

催涙スプレーだ。顔を掻きむしりたくても、直矢は後ろ手に縛られている。突然のことに身動きできない徳治に、純一郎はナイフを突きつけた。

「なっ、何なんだ」

「ほざくな。うつ伏せになれ」

「絵美に何をした」

「うつ伏せになれと言ってるんだ」

純一郎はナイフで身動きできなくさせ、スプレーを突きつけた。

「接着剤だ。一生、目が見えないようにしてやろうか。可愛い絵美様の裸が拝めなくなるぜ」

徳治は恐ろしい形相で純一郎を睨み、そして歯を食いしばってベッドにうつ伏せになった。

3

純一郎は絵美に命じて徳治を後ろ手に縛らせると、床で苦悶している直矢のところに徳治を引っ張っていき、縛られている手同士をつないだ。

「あなた……何なんですか」

ベッドに近づいた純一郎に、ネグリジェを下ろして正座している早智子は言った。今、徳治が純一郎のことを「兼松」と言ったから察しはついただろうが、初対面だ。

「あんたの愛するダンナが可愛がってくれた子の親だよ」

言いながら純一郎は早智子の手をひねり上げ、手錠をはめたように両手を縛った。

何をするんですかと早智子は言ったが、無駄と諦めているのかあとは何も言わず、抵抗といえる抵抗も見せない。そこは育ちの良さというものなのか、覚悟ができている女と思われた。表情には、凛としたものすらある。

それから純一郎はネグリジェを切り裂いて早智子を全裸にし、ベッドに寝かせると、縛られている両手を頭の上にして固定した。

さすがにそんな格好にさせられ、早智子は真っ白な内腿をよじ合わせて秘部を隠す仕草を見せたが、すぐに股を開かされた。

「あんたのダンナがだな、俺の女房と娘をだな、こういうふうにして、母娘どんぶりで悦ばせてくれたのさ」

朋代が徳治にされていたように、純一郎は早智子の股を大きく広げさせ、ロープでベッドに固定した。

絵美とは血がつながっていないのに、母娘かとも思えるほど早智子の秘毛は薄かった。つい今しがたまで徳治の剛直で蹂躙されていた女芯は赤っぽい桃色に発色してはいるが、快楽の証はそれほど認められない。

もうじき四十になるというのに花弁も薄く、長いこと徳治の求めに最小限しか応じていなかったのが歴然としている性器に思える。

しかし、セックスが嫌いな女とは思えなかった。不感症とも考えられない。愛の蜜がそれほど認められないのは、相手が、好きでもなくカネで結婚させられた徳治だからではないのか。

ひょっとしたら、と純一郎には閃くものがあった。

ひそかに香菜を見守ってきていて、早智子が直矢を溺愛しているのは知っている。早智子は我が子として香菜にも目はかけてくれていたが、直矢を見る目には、絵美や香菜を見る目とは明らかに異なったものが窺えた。

直矢が中学の頃、早智子が直矢を車で進学塾に送迎するところを純一郎は数え切れないぐらい見ているが、直矢と二人きりになった時の早智子の態度はいそいそとしていて、恋人とでも一緒にいるような感じをいだかせたものだ。

体を温め合うように寄り添ったり、早智子が直矢の肩を抱いたり、顔と顔をくっつけんばかりにして二人だけの秘密を話すようにしゃべったりという、まさに恋人同士のようなところも、何度か目撃している。

それは実に甘い雰囲気で、他人の目を気にする必要のない家で二人きりのとき、母子の情愛を超えた関係に発展したとしても不思議でない印象だった。直矢への愛に十分満足していればこそ、早智子が夫の愛にことさら冷ややかだということは、言えるのではないか。

(かもな。かもしれんな)

笑いが込み上げてきた。純一郎は、自慢の剛直を半勃ちにして床でうなだれている徳治に言った。

「熊井、育ちのよい美人の奥方は、おまえの大好きなおフェラをしてくれたかい」

徳治は表情を険しくし、純一郎の足元を見ている。

「ひと舐めもしてくれないんじゃないのかい。気の毒にな。だけどな、美人の奥方は、愛する息子様のは、なめなめしてるかもしれないよな」

その言葉に、徳治は燃えるような目で純一郎を睨み上げた。純一郎は腹の中でせせら笑いながら早智子を見た。無様な格好を強いられても毅然とした顔をしていた早智子は、明らかに狼狽を見せている。

(やっぱりな!)

早智子と直矢の獣の関係を、純一郎は確信した。直矢を見ると、つながれた父から一センチでも離れたいとでもいうそぶりで、顔を落としている。

ラッカーで真っ赤になった顔の表情を読むことはできないが、居たたまれない様子なのは、少しでも肩を狭めようとしている仕草で窺い知ることはできた。

「ほら、息子を見てみろ。ママとイイことしてるって言ってるぞ。越えてはならない一線をとっくに越えてるんじゃないかな」

「嘘です！」

きつい声で早智子が叫んだ。そのきつさは、内心の動揺を必死に隠そうとしているようにも思えた。

「嘘じゃないよな。え、色男の息子さんよ。ママに毎日、気持ちいいことをしてもらってるんだろ？」

純一郎は直矢に言った。直矢は肩を震わせて、いっそう身を縮かめた。その直矢に徳治は鬼のような目を向け、歯嚙みして深く顔を伏せた。

「熊井、何も悲しむことはないぞ。カミさんと息子が仲よくしてるのなら、おまえは世界で一番大事な娘と仲よくすればいいだけの話じゃないか。たやすいことだろ」

火を噴きそうな怒りに包まれている徳治に純一郎はそう言って、一人自由の身ながら身動きもできずにベッド脇に突っ立っている絵美を、徳治の前に移した。

父の前に立たされて絵美は乳房と秘部を隠したが、純一郎に手荒くどかされると長い髪を乳房の脇に垂らして俯き、半泣きになっている。

「見ろ。おまえが手塩にかけて育てたお嬢ちゃまは、ここまで見事に成長したぞ。何と立派なお体じゃないか」

純一郎は絵美の髪を背中に払いやり、可憐な乳首を乗せた白い柔肉を揉みしだいた。

「あっ、いやっ……」

絵美は身をかがめ、純一郎の手を押さえた。純一郎は絵美の両手を背中にねじって片手でつかむと、無防備な胸を思い切りまさぐりいたぶった。

「あっあ、いや……いやいや……お父さん、あっあ、いや……」

絵美は右に左にと胸をくねらせ、泣き声で父に助けを求めた。徳治は真っ赤な顔で純一郎を見上げ、腹の底から絞り上げるように言った。

「兼松、頼む。やめてくれ。この子はミッションスクールに行ってるんだ。男と女のことはなんにも知らない」

「香菜のことは、どうなのかな？　まあ、知らないってことは、これから知るってことだがな」

「あ、あ〜、いやいや、ああ〜、お父さん、助けて」

「兼松！　お願いだ。このとおりだ。許してくれ」

徳治は首の骨が折れたように頭を下げた。その顔の下では、半勃ちのままの肉茎が、赤紫色の亀頭から淫液を漏らしている。純一郎は乳房をいたぶっていた手を下に滑らせ、ほわほわとした秘毛に飾られた恥肉をいじくった。

「いやあ〜っ！」

むっちりと肉づいた腿を烈しくわななかせて絵美は泣きわめいた。純一郎は乳房のようにも柔らかい恥肉に指を食い込ませて剝き開いた。徳治の目の真ん前で恥芯は口を開け、薄桃色の肉のとがりを暴き見せた。

4

徳治が目を光らせた。歯が砕けるかというほど食いしばっている。目をそむけようとしているようで、そうしない。できないのではなくて、しないのだ。だが、口では言った。

「頼む。お願いだ。それ以上絵美をいじめないでくれ。頼むからパンツをはかせてやってくれ」

「何寝ぼけたことを言ってるんだ、おまえは。これが見たくないのか？　どうだい。おいしそうじゃないか」

言うなり純一郎はしゃがんで、剝き身にしたクリトリスをひと舐めした。絵美はまた悲鳴を上げ、体を暴れさせた。が、恐怖が先に立っているのか、抵抗らしいことはできない。

「うん。ちょっとしょっぱいな、おまえの宝物のクリちゃんは。え？　オシッコしても、きれいに拭いてないんじゃないかな」

純一郎は顔を徳治に突き出して勝ち誇ったように言うと、もうひと舐めした。絵美は嗚咽し、身悶えた。純一郎は徳治によく見えるようにして、ぺろぺろと舐めた。舐めながら横目で徳治を見た。

半勃ちだった肉茎は明らかに太さが増している。純一郎自身は痛いくらいに勃起していた。純一郎は絵美の秘部から顔を離した。

「お嬢ちゃん、舐められるのは嫌かい」

「いや、ですぅ」

嗚咽半分、絵美は答えた。舌をつかわれた恥芯から、生臭くもかぐわしい恥香が立ち昇っている。純一郎はそこに、今度は指をつかった。絵美が体を弾ませるような反応を見せて、泣き叫んだ。

「こうされるのも、嫌なのかい」

「いやっ、いやですぅーっ」

「じゃ、やめてやろうな。その代わり、おじさんのズボンを脱がしてくれな」

「駄目だ！　するな！」

徳治が怒鳴った。

「おじさんのズボンを脱がすか、セックスするか、どっちか選びな」

「どっちも駄目だ。絵美、駄目だぞ！」

純一郎は徳治を無視し、諭すように絵美に言った。

「いいか。よく聞きな。おまえの父親は、香菜が泣いて嫌がるのを無理やりセックスした。それだけじゃない。アナルセックスまでした。わかるか。ウンコの穴に、でっかいチンチンを突っ込んだんだよ」

言葉の全部を聞かず、絵美は貧血を起こしたのか、へなへなとくずおれた。純一郎は絵美を抱きかかえ、ベッドに運んだ。

「兼松、許してくれ！」

純一郎の後ろで徳治が叫んだ。純一郎は勝利と蔑みの目で徳治を見下ろし、大股でベッドに固定されている早智子の上に絵美を下ろした。

みんなから見て左側を頭にして仰向けに固定されている早智子のおなかに絵美が背中を乗せ、脚をベッドの外に垂らす格好だ。ベッドのへりに腰を押し出され、半ば気を失っている絵美は、淡い秘毛のけむる恥骨を山のように突き上げている。

体の上に絵美を乗せられた早智子は、迷惑そうな顔をあらぬほうに向けている。声は一言も発さない。自分が今のようにされていなければ、むしろ純一郎をたきつけそうだ。

純一郎はズボンを脱いだ。絵美はやっと息を吹き返したようだ。クリーム色のカーペットに足をつき、絵美が体を起こそうとした。その体を、純一郎は早智子の上に倒した。早智子が低い呻きを上げ、絵美は甲高い悲鳴を上げた。

「やっ、やめろ！」

カーペットを蹴って立ち上がろうとした徳治が、直矢につながれているロープに引っ張られて、転倒した。

「直矢、立て」

「立つな」

間髪を容れずに純一郎は直矢に言った。

「直矢、立て」

「立つとおまえにいいことがないのは、わかってるよな」

純一郎は、やさしげな語調で言った。むろん奥には凄みがある。直矢は首を引っ込めてじっとしている。純一郎は起き上がろうともがく絵美に乗りかかっていった。

「いやっ、あっあ……あーっ、いやーっ」

悲痛な声で絵美は泣きわめき、手足をばたつかせた。しかし、下に垂れている脚はろくに動きもしない。純一郎は絵美の左手を早智子の右膝の下にくぐらせ、外に出た手首を握った。これで絵美は、縛られたも同然だった。純一郎は絵美の膝を開かせ、腰を割り込ませた。

「やめろーっ！　お願いだ。兼松。お願いだからやめてくれ。やめてくれえ！」

直矢をずるずると引っ張って、徳治は純一郎の足元に来た。しかしそれは、徳治にとって望ましいことではなかっただろう。純一郎が絵美を凌辱するのが、目の前に見えることになったからだ。

純一郎は瑞々しい恥芯に亀頭をめり込ませた。

「キャーッ！」

悲鳴が部屋に轟いた。断末魔を思わせるような叫びだった。濡れてもいない処女の体に、純一郎はムリムリと押し込んだ。

「アアーッ！」

頭に響く絵美の悲鳴に、濁ったような徳治のわめき声が重なった。そしてすぐ、徳治の叫びだけになった。絵美は気を失ったらしい。

徳治が純一郎の脚に体をぶつけてきた。純一郎は徳治を勝ち誇って見下ろす。純一郎の脚に顔をこすりつけるようにしてやめてくれと必死に訴える徳治は、激情が極まったか、ああ……うう……と、それしか口にできないでいる。

「何だ。見たいのか。おまえも好きだな」

苦笑しながら言って、純一郎は気を失っている絵美の脚をベッドのへりに押しつけ、その部分が徳治に見えるようにしてやった。

徳治はそれを見るなり、吠え声もろとも純一郎の腿に嚙みついてきた。純一郎は徳治を蹴飛ばした。徳治はつながれている直矢にぶつかって跳ね返り、また純一郎に嚙みついた。

「邪魔しないでくれよ」

純一郎は肉幹を引き抜いた。ぐぼっと音が立った。そのショックでか絵美は意識を取り戻した。が、左手を早智子の膝の下に敷いたまま、身動きもできないでいる。

必死の形相で純一郎を見上げる徳治の顔に、へつらうような表情が生じた。純一郎が凌辱をやめたと早合点したようだった。純一郎はリュックから催涙スプレーを出すなり徳治に噴霧した。

まともにくらった徳治が絶叫して暴れた。が、直矢とつながれているので、実際には身悶え程度の動きしかできない。直矢にもスプレーがかかったらしく、一緒に身を悶えさせている。

「見たけりゃ見な。ほら。血糊付きだぞ。めったに見られるもんじゃないわな」

純一郎は、ベッドから垂れている絵美の脚を大きく広げて、恥肉を剥いた。

楚々とした秘毛のすぐ下から恥肉は充血して赤く色づき、肉の薄い小陰唇も初めての肉柱の蹂躙に色を濃くしていて、花芯の奥と膣口は処女の血で染まっている。

「……いや……ああ、いや……」

消え入りそうな声で絵美が言った。その声を聞きつけ、目を真っ赤にさせてしばたたきながら、徳治は顔を近づけてきた。

「見えるか？　あんたの宝物だ。ほーら、きれいなもんじゃないか」

純一郎は両手の指で恥芯を攪拌した。その音につられるようにして、徳治は顔を突き出した。目はいっぱいに開いているが、催涙スプレーをかけられて、ろくに見えてはいないだろう。

「この血が見えるか。残念だったな。本当ならあんたが自分でやるつもりだったんだろ？」

徳治が低く唸った。

「どれ、見目麗《みめうるわ》しい処女をじっくり味わうとしようか」

純一郎はうっすらと血に彩られた肉幹を再び絵美の果肉にあてがった。

「いやあー」

「やめてくれえ」

二人が同時に叫んだ。そして絵美の叫びは部屋に轟く絶叫となった。亀頭のくびれまでぐっぽりと挿し込んで、純一郎は徳治に言った。

「きついぞ、オイ。すっごくきつい。おっおっ、どうだ。敬虔なクリスチャンのお嬢様は、締めつけているじゃないか」

「やめてくれえ。お願いだ。頼む。娘をいたぶらないでくれっ」

「おっおっ、締まる締まる。く〜っ、きつい」

これ見よがしに純一郎は大腰をつかった。絵美は絶叫を繰り返していたが、次第に声は弱まり、あっあっ、うんっうんっという鼻声のようなものだけになった。

腰をつかいながら、純一郎は徳治と直矢に立つように言い、ベッドの足のところに行かせた。立ち上がる時、徳治は純一郎に突進してくる仕草を見せたが、その前に純一郎は直矢にスプレーの脅しをかけて動きを封じた。

純一郎は、立った二人に見ているように命じて、形のよい絵美の乳房を揉みしだいた。背をたわめて可憐な乳首を吸ったりもして、凌辱をつづけた。絵美は声にならないような鼻声を漏らして蹂躙に耐えている。

復讐の第一段階が完了した思いに、純一郎は全身から炎のような喜悦が巻き上がるのを意識した。性的にも頂点に達している。徳治に向かって叫んだ。

「イクぞ。熊井。おまえの娘に俺の精液を、たっぷり迸らせるぞ」

「やめてくれ!」

「ううっ、おおおっ!」

ガクンガクンガクンと腰を律動させて、純一郎は精を噴き上げた。途中で抜き出し、なおも勢いよく噴きこぼれる白濁液を絵美の白いおなかに浴びせた。

徳治は悪寒に襲われたように震えながら見守っている。純一郎は二人に絵美の足元に来るよう命じた。半勃ちだった徳治の肉茎は、今は萎縮している。直矢のは子供のような小ささだ。

「お姉ちゃんのあそこ、舐めろ」

純一郎は直矢に言った。直矢はかぶりを振って拒んだ。徳治は獣のような唸り声を上げている。

「ママのは舐めてるんだろ。ママのが舐められて、お姉ちゃんのは舐められないのかい」

「え……あの……」

「いいか。よく聞けよ。俺が舐めろって言ってるんだ。わかるな？　わかったら舐めろ。お姉ちゃんの、口できれいにしてやるんだよ」

「あ……あ、あ……あの……」

「ほう！　俺の言うことがまだわかってないんだな？」

純一郎はリュックに手を入れた。はじかれたように直矢は絵美の股に顔を突っ込んだ。つながれている徳治も絵美の腿に顔を乗せた。

「やめろっ、直矢」

絵美の白い腿に口を這わせて徳治が叫んだ。が、純一郎の脅しに、直矢はもう汚れた恥肉に口をつけていた。

「やあだあー」

膝を躍らせて絵美がわめいた。起き上がろうと、首筋をひきつらせてもがいている。下になっている早智子が、迷惑そうに顔をしかめている。

純一郎は絵美の上体を押さえつけた。腹を据えたのか、直矢はぺちょぺちょっと水鳴りをさせ、犬のように舌をつかいはじめた。

肉茎に変化が現れていた。絵美の恥芯を舐めている直矢のに、ではない。それを間近に見ている徳治のに、だ。紫色の亀頭には張りが生じ、太さも増した肉茎は、クレーンのように頭をもたげている。

5

純一郎は、後ろ手に縛っていた直矢を自由にし、左腕はあらためて徳治の腕に縛りつけた。そうして、リュックから小型のクリトリス用のバイブレーターを取り出すと、スイッチを入れて直矢に差し出した。

「これでお姉ちゃんのこと、よがらせてやれ。クリトリスに当てるんだ」

「やめてくれっ」

振り絞るように徳治が言った。

「やめるかい。おまえにもあとでイイ思いをさせてやるから静かにしてろや」

純一郎は侮蔑の顔で徳治に言って、直矢をけしかけた。自分をなくしたような顔になっている直矢はバイブレーターを受け取り、淡い秘毛の下、透明感のある色合いの肉のうねにあてがった。

「いや〜っ！」

絵美は研ぎ澄ましたような高い声を放ち、必死の形相で体を起こそうとする。が、純一郎の手ひとつで起き上がることはできない。純一郎は空いている手で初々しい乳首をいらいながら、成り行きを見守った。

いやっいやっと叫ぶ絵美の声音が変わった。必死の形相も、何か信じられないものに出会ったような表情になっている。厳しい凌辱から甘い震動に責めが変わったことで、その甘さがいっそう強く感じられているようだった。

純一郎は直矢に、ただあてがっているだけでなく、軽く圧迫したり上下に動かしたりもするよう、指示した。今や純一郎の言いなりの感のある直矢は、言われたようにバイブレーターを操った。

絵美の「いやいや」は、さらに弱々しいものになっていった。そして変化は、体にも現れていた。純一郎がいらいつづける乳首が明らかに充血してきたのだ。純一郎は、体を押さえている手でも乳首をいらった。

「やめて……直矢……いや、やめて……」

あえかな声で絵美は言った。

いかにもそれは、自信を喪失しつつある口ぶりだった。否応なく快感を高めていく責めから逃れようと股をすぼめたくても、直矢の体が邪魔をしている。徳治の体も、邪魔をしている。

その徳治はというと、催涙ガスの影響はもうなくなったのか、目をぎらつかせて愛娘の局所を見ている。肉茎は天を突く勃起に変わり、紫色の亀頭はてらてらとしたテカりすら見せはじめている。

「いやよ、直矢……ねえねえ、もうやめて」

「やめやしないよ、お嬢ちゃん。お嬢ちゃんがイクまで、弟さんはやるんだ。おっと、イクってのの、お嬢ちゃんは知らないか。まあ、見てな。すぐにわかるから」

「やめて、直矢……お願い……あー、直矢、だめよおー」

狭めることのできない腿を、絵美はわなわなとおののかせた。

それは、そうしたくてできない焦れったさの表れではなく、高まる快感と戦ってのことだったろう。その証拠に、純一郎の愛撫を受けている乳首は両方とも、小気味よくしこっていた。

「ほーらほーら、気持ちよくなってきたろう。お嬢ちゃんのかわいい乳首、こんなに硬くなってきたじゃないの。ナニかい、お嬢ちゃんは、自分でおっぱいを気持ちよくするなんて、したことがないのかな」

「……あ……あ、直矢……」

「おっぱい、こうやって揉んであげよう。こうやってしながら、乳首くりくりも、ほーら、いいもんだろ」

「あっ……あっ、いや……」

消え入りそうな声で言う絵美の清楚な顔には、瑞々しいバラ色が広がっている。花びらのような唇はつややかな赤に発色し、喉元にはうっすらと汗の粒が浮いている。

「やめて……直矢、ねえ、お願い。それ……やめて」

純一郎がまさぐりいたぶる乳房にもしっとりとした潤いを見せている絵美は、腿を打ち振るだけでなく、恥骨をせり上げだした。

そのようにしたことでバイブレーターの接触が強まったのだろう、絵美は顔をのけぞらせ、あああ！　と大きな喘ぎを上げた。

「お姉ちゃんのを両側からつまんで膨らませな。その中にバイブをめり込ませるようにしてクリトリスを気持ちよくしてやるんだ」

具体的に直矢に命じて純一郎は乳首を吸い立てた。ねぶり上げ、舌先ではじき、軽く甘咬みもしてやった。

その愛技と直矢の操作で絵美はいよいよ快感を高め、ゆるく開けた口から桜色の舌を覗かせて喘ぎ、切なげに恥骨を波打たせた。

明らかに悦びの様を見せはじめた絵美に、指示どおり恥肉を盛り上げてバイブレーターを操る直矢は勃起させていた。しかし顕著なのはやはり徳治だった。今や肉砲は隆々と反り返り、黒光りしたどでかい亀頭からは先走りの液を垂れ流している。

「どうだ、熊井、やりたいか」

ほくそ笑みながら純一郎は言った。徳治は純一郎を睨みつけ、ぐっと口を引き結んだ。そそり勃つ肉砲が雄々しく頭を振った。

「残念だな。おまえの愛娘とヤルのは、おまえの息子のほうだ。人間の息子っていう意味だぞ」

「やめてくれ」

「上品なママとのよさを知った息子に、今度は清楚なクリスチャンの姉の味見をさせてやろうってわけさ」

「そんなの嘘です」

よがり悶える絵美の下で、早智子が冷ややかに言った。

「白を切ったってわかるんだよ。それともあんたは娘に嫉妬してるのかい」

「…………」

早智子はあらぬほうを向いて口をつぐんだ。美貌がひきつっている。目には妖しい漲りが浮かんでいる。

純一郎はもうやめていいと直矢に言い、絵美の恥芯を覗いた。桃色の粘膜には、とろりとした果蜜が溢れていた。どうだとばかり、純一郎は二人の男を見た。

これから絵美とやらされると思っている直矢は、やけっぱちのような顔をしている。徳治はまさしく嫉妬に狂った顔つきだ。純一郎は絵美を立ち上がらせた。

絵美は脚も腰もふらつかせている。ベッドに向かわせて体を押すと、いともあっさりと早智子のおなかに突っ伏した。

「ほら、色男、後ろからハメな」

「やめてくれ。頼む！」

鬼のような形相で懇願する徳治に蔑みの目を向け、純一郎は絵美の背中を押さえ込んだ。

「いや……いやですぅ」

早智子のおなかに顔をこすりつけ、絵美はさめざめと泣きだした。

「仕方がないな。そんなに嫌だったらやめようか」

そう言った純一郎に、絵美も直矢も徳治も、一様に安堵のそぶりを見せた。

一人そうでなかった早智子は、その代わり早智子の性器を舐めるようにと絵美に命じた純一郎の言葉に声にならない悲鳴を上げ、ベッドから浮かした顔を烈しく横に振った。命じられた絵美は絵美で一瞬の安堵を驚愕に変え、貧血を起こしそうな顔になった。

「お父さんとお母さんがセックスしていたのは、見ただろう？　お母さんのあそこは、お父さんに汚されちゃってるんだ。あんただって、弟に舐めてきれいにしてもらったんだよ。お母さんのあそこをきれいにすることなんて、わけのないことじゃないの」

「いやっ、いやですっ」

厳しい口調で拒否したのは、母の早智子だった。目と眉は吊り上がり、上品な美貌がひどく歪んでいる。純一郎は余裕の笑顔を早智子に向けた。

「なーに。この子はやるはずだよ。ケツの穴に弟のペニスを突っ込まれるのよりはいいはずだからな。な、お嬢ちゃん、そうだよな」

きれいなカーブを描いた絵美のお尻をひたひたと叩きながら言う純一郎を、絵美は瞳孔の開いた目で見た。

「おじさん、ちょっと気が変わってさ。あんたの弟にはここでセックスさせることにしたんだよ」

純一郎は絵美のお尻の谷間に指を滑り込ませた。ヒイッ！　と悲鳴を上げて絵美は体を起こそうとしたが、簡単に伏せさせられ、恥じらいの菊門をなぞられた。

「ウンチの穴には弟のおちんちんを、前の穴にはお父さんのおちんちんを入れてもらおうな。死ぬほどイイぞ」

「……………」

絵美の口からは、声も出てこない。唇が、凍えたように震えている。

「それが嫌なら、お母さんのおま×こを舐めな。汚れてるけど美味しいぞ、きっと。なんたって美人だからな」

「いやです！」

凛と澄んだ声で早智子が言った。

「そんな汚らわしいこと、よしてください。その子にそんなことをされるのなら、死んだほうがましです」

「ほう！　よく言ったな。ほんとに死ぬもんかどうか、見てみようじゃないか。なあ、お嬢ちゃん」

言うが早いか純一郎は絵美の顔を恥肉に押しつけた。絵美と早智子がそろって悲鳴を上げた。早智子は嫌悪の金切り声を上げつづけ、絵美の声はすぐにくぐもったものとなり、そして消えた。

「舌を伸ばせ。中に突っ込むんだよ」

「んむっ、むむうっ」

「いやっ！　いやいやっ！」

「したくなけりゃ、しなけりゃいいけどな。その代わり、こういうことになるってわけだ」

純一郎は絵美の後ろにずれると、丸々としたお尻の谷間に肉幹を差し込んだ。菊門を亀頭がひしゃげさせた。絵美は背を反らして泣き声を上げた。徳治が純一郎にぶつかってこようとした。が、つながれている直矢に腕を取られた。バランスを崩した二人はもつれ合って転がった。

「しなければ、こういうことに、なるんだ、ぞ」

純一郎は菊門に亀頭をねじ込んだ。絵美が悲鳴を上げたが、亀頭は入っていかない。歯を食いしばって純一郎は責めた。

「しますします！　アア～ッ！」

泣き叫びながら絵美は早智子の恥芯に顔をうずめた。早智子が嫌悪感き出しの声を絵美に浴びせた。

純一郎はなおもアナル凌辱を試みた。徳治が純一郎の脹脛に噛みついてきた。純一郎は徳治の喉を蹴り上げ、渾身の力で菊襞に腰を送った。

めりっという感触を、亀頭が感じた。

「ぐわあ〜っ！」

早智子の恥部から顔を跳ね上げ、絵美は絶叫した。純一郎は処女アヌスに挿入した。もう一度絵美は断末魔の叫びを張り上げ、ガックリと落ちた。

「おい、熊井、あんたの宝物はまた失神したみたいだな。カンフル剤におま×こでもしてやったらどうだ」

「……やめて……くれ……」

喉を蹴られた徳治が、裏返った声で哀訴した。そんな徳治を笑って見ながら、純一郎は肉柱を引き抜いた。抜け切るとき、絵美の体はバネのように弾んだ。その下で、早智子は目を尖らせ、荒い息をついている。

6

純一郎は絵美の体から手を離した。絵美はボロ雑巾のように床にくずおれた。気を失ったままだ。徳治が泣きそうな顔をして絵美に這い寄ろうとした。そんな顔をしていながら、徳治は逞しく勃起させている。純一郎は徳治をつかんで立ち上がらせた。一緒に直矢も立ち上がった。

「ちょっと待ってろ」

純一郎がリュックからサバイバルナイフを取り出すと、二人は体をすくませた。純一郎は二人をつないでいるロープを切断した。そうして直矢には隅にいるよう命じ、徳治をベッドに上がらせた。

「熊井、喜べ。おまえの長年の念願をかなえさせてやるぞ」

「……何だ……」

「高慢ちきなカミさんに、しゃぶらせるんだ」

「えっ……？」

早智子が、顔をこわばらせて純一郎を見た。

「魔羅だよ、魔羅。チンポコだ」

「いやですっ!」

四肢を暴れさせ、耳をつんざくような声で早智子が叫んだ。

どうする? という目を純一郎は徳治に向けた。徳治はギラギラと輝く目で応えてきた。しかしただのフェラチオはさせてやらないと、純一郎は決めていた。その思いを腹に、純一郎は徳治に早智子の顔をまたがせた。

「いやですいやです! ああ〜っ、やめてください〜っ!」

目をきつく閉じ、顔をそむけて早智子は叫ぶ。その早智子に、今や凛々しいものはなかった。純一郎は早智子の顔を押さえつけて言った。

「あんたのまん汁で汚れた腐れサオ、舐めたいだろ」

「そんなっ」

目をきつくつぶったまま早智子は短く言い、口を引き締めた。

「よく言うよ。息子のチンポコはしゃぶりまくってるくせに。そうだろうが。ほら、口、開けな」

純一郎は早智子の口をこじ開けにかかった。が、早智子は死んでもとばかりに力を入れている。純一郎はあっさりとやめにした。そんな純一郎に徳治は落胆の表情を見せた。

「亭主のサオをしゃぶるのが嫌なら、その代わり、亭主が俺の妻と娘にしたことを、そっくり体験してもらうとしようかな」

純一郎はリュックから特大のバイブレーターを取り出した。

「何をするんですかっ」

「だから言っただろ。こうするんだよ」

股にバイブレーターを差し込んだ。早智子は悲鳴を上げて腰を暴れさせた。が、大股を開かされている状態はほとんど変わらない。

純一郎は暴れる腰を押さえつけ、お尻の下に膝を差し込んだ。しっとりとした、いかにも上品な肌だ。肉はもちもちとしていて、心地よい弾力を有している。

ぬめりも与えず、いきなり菊門にバイブレーターを押し込んだ。

「あーっ！」

絶叫した早智子の腰をかかえて、めり込ませた。粘膜はめくれ、数センチ、潜っている。

「う～っ、死ぬっ死ぬっ！」

「おお、そうかい。さっき死んだほうがましとか、言ったんじゃなかったかい。死んでみな」

「あっ、あ〜っ、やめて……あ〜っ、死ぬっ死ぬっ」

「だから早く死んでみなって。ほら、まだ死なないのかい」

「やめてえ〜っ、痛っ痛っ……あ、あーっ、痛い痛いーっ」

「亭主がやったこと、体験してみたいだろ。こうさ」

十センチは潜っただろうバイブを、純一郎は手荒く抜き挿しした。ねちっねちっと、粘膜特有の襞音が立った。早智子は涙を振り飛ばして悶えている。

「やめようか。ああ？　嫌ならやめてもいいんだけど」

「やめて……やめくださいっ」

純一郎は思い切りバイブを引き抜いた。風船が破裂するような様で早智子の体は弛緩した。しかしすぐにまた、こわばることになった。純一郎がリュックからスプレーを出したからだ。

「バイブで穴を開けられるのが嫌なら、接着剤でふさいでみよう。一生、ウンコが出なくなるだろうな。お上品な奥様にはそのほうがお似合いかな」

ノズルを肛門に差し込んだ。特大バイブで道をつけられた肛門に、ノズルはなめらかに入っていった。

「いやですいやです。そんな……あーっ、やめてくださいーっ！」

「心配ないってば。今は医学が進歩してるんだ。腹に穴を開けてもらえばそれで済むじゃないか」

「お願いです。お願いですからやめてください。後生です」

「後生？　なんか聞いたふうなセリフだな。テレビの時代劇ででも覚えたか。まあ、どうなるか、とりあえず直腸でもふさいでみようや」

「イヤーッ、直矢直矢っ、助けてえっ！」

「聞いたかい、熊井。あんたじゃなくて息子に助けを求めてるぜ。よくよく嫌われたもんだな。それとも奥方と息子、仲がよすぎるのかな」

笑いながら徳治を見ると、徳治は興奮が極まった顔をしている。早智子を蹂躙することに、すっかり気を取られていたようだ。黒光りの肉幹はいよいよ雄大に天を突き、節くれ立った肉茎に淫液を伝わせている。

「一生ウンコが出ないようになりたくなければ、夫に尺八してやんな。十九年間、香菜が世話になった、せめてものお情けというものだ」

そう純一郎が言うと、早智子は一瞬、動きを止めた。

「尺八」という意味がわからなかったらしい。下品な言葉を口にでもしたら最後、二度と早智子を抱かせてもらえないと、徳治は思っていたのだろうか。

「あのね、奥様、尺八ってのはフェラのことだよ。フェラチオ。魔羅を舐めたり吸ったりすることさ」

「い……いやです」

「ああ、そうかい。じゃあ、こっちだ。覚悟しな。俺はどっちだっていいんだ」

純一郎はノズルを直腸の奥に侵入させた。

「しますします！」

早智子が叫んだ。叫んだまま、大きく口を開けている。ペニス迎え入れの意味なのだろう。

妻の顔にまたがっている徳治は真っ赤な顔をして涎を垂らさんばかりだが、肉幹はそそり勃っていて、とてもくわえさせることはできない。腰の角度を調節しようにも、後ろ手に縛られているので思うにまかせない。

「熊井、聞いたか。あんたの熱愛する貴婦人は舐めてくれるって言ってるぞ。早く舐めてもらえよ」

そそのかすように言った純一郎を、徳治は焦り狂った目で見た。

手を自由にしてくれと懇願している。そうしなければ、悲願のフェラチオをさせることはできない、と。

「何もたもたしてるんだ。袋でもどこでも舐めてもらえ。ケツの穴でもいい。とにかく早く貴婦人に舐めさせろよ」

「いやっ、いやですうっ！」

「またこれかい。これだから上品な奥様は嫌いなんだ。しゃーないな。ここはひとつ、アメ玉をやらなくちゃならないかな」

純一郎はベッドを下り、直矢を引っ立てた。

直矢はベッドの上のことより、ようやく息を吹き返しはしたが、指一本動かすことのできない絵美の恥部を見ていたはずだった。若いペニスは生き生きとした屹立を見せている。

「大好きなママとおま×こしな。いつもやってるんだろ。嫉妬深いパパに見せつけてやんなよ」

「やめてくださいーっ！」

悲痛な声で叫んだ早智子は、純一郎が重ね合わせた直矢の重みで声をくぐもらせた。言うとおりにしないと肛門に接着剤をとの純一郎の脅しに、直矢は従った。母の蜜壺に、若い息子の肉茎はぬるぬると飲み込まれていく。

「いやっいやっ、直矢、よして！」

「イイ、イイってよがって腰振んなよ」

「アアッアーッ、直矢、よしてよして。アーッ、お願いーっ！」

早智子は涙を噴きこぼしてあらがった。直矢はというと、うっとりとした目をして腰を動かしている。

純一郎が直矢を早智子に重ねたことで、徳治は早智子の顔の上から出ていた。が、目の前の母子相姦に怒濤のごとくいきり立ち、直矢の頭をよけざま、肉幹の裏べりと陰嚢を早智子の口にこすりつけだした。

7

カネで買われただけ、心など一度として許したことのない夫の汚れた肉柱と陰嚢を口にこすりつけられて、早智子は吐きそうな呻き声を上げた。

何とか顔を逸らそうと打ち振るが、両手の自由は封じられている。体の上には、果肉をずっぽりと挿し貫いている直矢が乗っている。逃れることはできない。

「えへっ、えへっ……えへへ……」

宿願叶って妻の口に性器を押しつけることができたが、夢にまで見たフェラチオとはいえない。下卑た声を漏らしながら、徳治は亀頭を口に突っ込もうとやっきになっているが、後ろ手に縛られていては思うに任せない。

「どうした、熊井。せっかく巡ってきたチャンスなのに、くわえさせられないのか。やっぱりおまえは妻が怖いんだろう。哀れなものよ」

純一郎はけしかけた。徳治は真っ赤な顔をして腰を低め、亀頭を早智子の口に含ませようとむなしく焦るばかりだ。

続いて、直矢に律動を荒っぽくするよう命じた。即座に直矢は従った。早智子は、汚れた夫のものを口にこねつけられて今にももどしそうな呻きを上げながらも、直矢の若い律動に応じて顔を上下させた。

早智子の口が肉幹の裏べりを滑り、その快感に、亀頭をくわえさせることのできない徳治もまた、妻とそっくりな呻き声を上げている。

しかし早智子が、徳治の望む口淫をすることはなさそうだった。両腿で早智子の顔を挟んで動きを封じれば、ペニスは上を向く。亀頭を口に押し当てようとすれば、早智子は顔をそむける。夫婦して、その攻防を繰り返している。

そんなせめぎ合いをほくそえんで見ながら、純一郎は一方の手を早智子の腰の下に差し込んだ。もちもちの肌をした早智子のお尻は、さっきの特大バイブレーターのせいでそうなったのか、べっとりと汗を噴き出していた。

「ほら、貴婦人様、そろそろ腰をつかったらいかがなものでしょうか。愛する息子様がママのこと、こんなにズボズボやってくれてるんですから」

口調やさしく言って、純一郎は早智子の腰を動かさせた。最初の一、二回こそ早智子は純一郎の手で押し上げられて腰を動かしはしたが、すぐにベッドに固定されている両足を踏ん張り、渾身の抵抗を見せた。

「そうかい。腰を振るのが嫌だというんなら、ダンナのモノをずっぽりくわえてもらうことにしようか。たらふく口に射精してもらいな。喉の奥の奥に出させよう。飲まずにはいられないだろうな。むせちゃうし。おい、熊井、いよいよだぞ」

純一郎は、目をぎらつかせて成り行きを見ている徳治に笑いかけながら、早智子の顔のところに移った。早智子の顔を横向きにして押さえる。徳治は、興奮のあまり鼻水を噴き飛ばして挿入の体勢になった。

「いやっいやっ、いやですう！」

早智子が金切り声を上げて身震いした。母への抜き挿しをつづけている直矢が、その振動に感じたのだろう、ううぅっ！　と歓喜の声を漏らした。

鼻水で唇を光らせている徳治が、ついに妻の口を凌辱した。いや、その寸前だ。亀頭の先端を口につけはするが、気の毒にも感激にわななないて、うまくはめ込むことができないでいる。

「うぐう……むっむ！　いっ、いやあっ」

「そんなにダンナが嫌なのかい。じゃあ、腰を振って、みんなに見せな。やらなきゃこのままだ」

「んぐっんぐっ……むっむ……」

早智子は精一杯首を伸ばして口淫を拒否し、股を大きく開いた。そうするが早いか、ヒコヒコと腰を上下させた。ううう っ！　と、直矢がまた、苦しそうな悦楽の声を上げた。

「それでいいんだよ、いやらしい腰づかいをしてるじゃないの」

純一郎は上品な乳房をあやし、あっさりと元の位置に戻った。徳治は唸り声を轟かせて口淫を試みるが、無駄な繰り返しに終わっている。

それを笑って見ながら、純一郎は直矢と早智子の結合を強めさせた。両手を早智子のお尻の下に差し込んで、腰の上下動に加勢した。

直矢は唇を光らせて涎を垂らし、腰の律動を速めている。早智子は今や自ら腰をつかっている。突き上げの強い上下動だった。

「うっ、マッ……ママッ……」

直矢が、感極まった声を上げた。

「だっ、ダメよっ」

我に返ったような声で早智子が言った。しかし体は正直なものだ。純一郎が早智子の腰の下にあてがった手の力を弱めても、早智子は肉欲に飢えたような腰づかいをしている。

「だっ、ダメよ、直矢。抜いて……取って。ねえ、ねっ、駄目駄目！」

「うーっ、マッ……ママ……あっ、あっ、僕っ……」

「抜いて！　取ってよお！　今日は駄目！」

「うぐっ……うーっ、ぐぐうーっ！」

そのまま直矢は絶頂に達した。純一郎は二人の腰を思い切り接合させた。

「あ〜っ、あーっ、いやあ〜っ！」

大わめきする早智子自身、息子の精液を貪るかのように腰を痙攣させている。

どうだとばかりに純一郎は徳治に目をやった。徳治は妻の口を凌辱するのも忘れ、妻と息子の歓喜の様をほうけたように見ている。そそり勃つ肉柱からはおびただしく淫液がこぼれ出て、毛深い陰に垂れ流れている。

絵美はベッドの下でくずおれたままの格好でいた。もう意識は戻っているが、降って湧いた地獄のような状況に、目はうつろ、自分というものをなくしているかのようだ。純一郎は絵美を引っ張り起こし、ベッドに上げた。

母の膣内に体液を迸らせた直矢は直矢で、父と同じような呆然とした顔をしている。その直矢をどかし、純一郎は早智子の腰のところに絵美の顔を突き出させた。

「わかってるだろうけど、あんたのお母さんは息子と交わったんだぞ。ケダモノ親子だ。ほら、見てみな。息子が射ち出したものが、どろどろ流れ出してるだろ」

その言葉に早智子は悔しげに、苦しげに身悶えした。しかし、両脚は固定されている。かえってその動きで、口を開けた桃色の秘口からどぶっとばかりに白濁液が噴きこぼれた。

「あんたはお父さんとやったお母さんのあそこもきれいにしてやったろ。いい子だ。ほら、弟の精液もすすってきれいにしてやりな」

純一郎は絵美の口を恥芯に押しつけた。悲鳴を上げて絵美はあらがったが、体には力が入らない。口も鼻も頬も淫液でぬるぬるにして、絵美は純一郎のするがまま顔を動かされている。

「やめて……ください……」

抵抗する手段を奪われている早智子が、いかにも嫌そうに言った。顔を見ると、汚らわしさから目をそむけるようにして美貌を歪めている。

「二回も娘に舐められたくはないか。わかるよ、その気持ち。じゃあ、逆だ。この子のおま×ことケツの穴、あんたが舐めてきれいにしてやりな。どっちからも血を流してるぞ。かわいそうにな」

「いやですっ！　そんなことをするんだったら、あたし、死んだほうがましです！」

「よっぽど死にたいんだな、あんたは。だけど、愛する息子を残して死ねるか？」

悲痛に歪んだ美貌を見下ろしてそう言い、純一郎は絵美を引っ張り寄せると、排尿の格好にさせて早智子の顔に落とした。

だが、うまくはいかなかった。もちろん早智子は顔を横に逃がしたし、絵美も嫌がって、母の顔にお尻が落ちないようにしたからだ。

純一郎は絵美の肩を抱きすくめ、耳に吹き込むように言った。

「なるほど、あんたはまた、おじさんのを、おケツの穴にぶち込んでほしいわけだ。ここに、ズボッてな」

菊門をこねた純一郎の指に悲鳴を上げて、絵美はすぐそばの父に手を伸ばし、助けを求めた。徳治は、何とかしなくてはと思っていないわけはないが、手の自由を奪われていては何をすることもできない。

純一郎は絵美に宣告を下し、選択権を与えた。自分に肛門を犯されたいか、それとも母の口に肛門を押しつけるかという二者択一だ。

「さて、どっちにする？　やっぱりウンチの穴でやるか」

返事も聞かずに純一郎は絵美のお尻に迫った。キャッと叫んで絵美は早智子の顔にお尻を落とした。早智子もまた悲鳴を上げ、顔を逃がした。純一郎は絵美の菊門を犯しにかかった。絵美は必死の形相、早智子の顔に爪を立てて動きを制し、お尻をこねつけた。

と、絵美が絶叫もろとも体を跳ね上げ、股間を押さえて転がった。純一郎は早智子を見た。口の周りに血のりをつけた早智子が、今にも火を噴きそうな、凄絶な顔をしている。どうやら、絵美の性器かどこかをかじったらしかった。

「どうだ、おい、熊井。あんたの奥方は娘のを、噛んだぞ。これだけ気骨がある女だ。あんたなんかの魔羅をしゃぶったりしないのは、当然だな」

感心した顔で言った純一郎に、いまだ欲望がおあずけのままの徳治が、目を険しくして歯ぎしりをした。

「しかし、これだけの女だ。逆に言えば、大嫌いなフェラのさせ甲斐があるというもんだ。面白い。力を貸すよ、熊井。娘と女房が世話になってるんだしな」

純一郎はリュックからサバイバルナイフを出すと、早智子の足のロープを切った。早智子の手を縛っているロープはベッドのヘッドボードに結わえつけてあるが、長さには余裕がある。純一郎は早智子をうつ伏せにした。

徳治が顔を輝かせた。自分の手のロープを切ってくれるとは思っていないだろうが、それでも早智子のこの体位なら、口淫は可能だと思ったに違いなかった。

含みを持たせた顔で、純一郎は徳治に笑いかけた。徳治が、へつらい顔で応えた。いよいよ念願のフェラチオができると待ちあぐねる黒い肉幹は、いななくばかりに屹立している。

自分の仕事は終わったと思っているのか、他人事のように見守っている直矢に、純一郎は早智子を後ろから犯すよう命じた。直矢は驚いた顔で純一郎を見つめ、純一郎に背中を押さえられている早智子は、烈しくあらがった。

「あの……僕……」

直矢は、ラッカーで真っ赤な顔をおずおずと純一郎のほうに差し出し、許しを乞う口調で言った。母の体内におびただしく放出した直矢の肉茎は半勃ちの状態だ。それで二度目は不可能と、純一郎に訴えているのだろう。

純一郎は、股間を押さえて猫のように丸まっている絵美に言った。

「お母さんにどこをかじられたか知らないけどね、やっぱりおじさんとウンチの穴でしよう」

「…………」

絵美は瞳孔を小さくして震え上がった。

「嫌かい。それなら弟のちんちんをおっきくさせせな」

すかさず純一郎は菊門を襲うそぶりを見せた。絵美はうつ伏せにされている早智子の上を転がるようにして、直矢のところに行った。

が、指示されたことをしようにも、そのやり方がわからない。清純な顔をひきつらせ、あどけない大きな目をいっそう大きくして純一郎を見ている。

「おちんちんを揉んだりしごいたりするんだよ。いくらミッションスクールの生徒でも、もうそれぐらいわかっててよさそうなものじゃないか。十八で高校三年だろ」

純一郎は肉幹を振り立てて迫っていった。

「えっ、あっ、はい……」

思い切り取り乱したふうに、絵美は直矢のペニスに指を這わせた。赤鬼のような顔をした直矢は、戸惑っている。純一郎は直矢に、膝立ちになるよう命じた。

「いいか。せっかくお姉ちゃんが気持ちいいことをしてくれるっていうんだ。きばって勃たせろ。でないと、特大バイブをケツの穴に突っ込むぞ。それとも親父のデカ魔羅でおカマ掘られたほうがいいか」

その言葉に直矢は弱々しくかぶりを振って膝立ちになった。純一郎は絵美にやり方を指示した。健気にも絵美は言われたようにやりはじめたが、直矢のほうは、きばれと言われても、体が応じない。

純一郎は絵美に口をつかわせた。さすがに絵美は拒絶のそぶりを見せたが、純一郎が後ろに迫ると、慌てて亀頭にキスをした。

「そんなんじゃだめだな、お嬢ちゃん。かっぽりとくわえるんだ。深ーく」

膝立ちの直矢の前で体をかがめている絵美の、白い丸々としたお尻を撫で回しながら純一郎は命じた。ウゲッ、ウゲッと、もどしそうな唸り声を漏らし、それでも絵美は亀頭をしっかりとくわえた。

「舌を這わせてみな。おちんちんの先っぽを吸うんだ。全体に舌をからめて、真空になるぐらい強くな。それから唾を出しな。その唾をすっからかんに吸って、飲み込むんだ。わかるだろ？」

次々と絵美に指示を出しながら、純一郎は徳治を見た。これから妻に悲願のフェラチオをしてもらえるという欲望に燃えていた徳治は、今は見る影もなく悲しそうな顔をしている。

「あんたの宝物は、大好きなあんたじゃなく、弟をフェラしてるぞ。よくよくあんたはフェラとは縁がないみたいだな。そういう運命の魔羅をしてるんだろ。お気の毒に、魔羅運が悪いんだな」

純一郎の言葉に徳治は喉を鳴らした。心底の悔しさと、しかし、自分はこれからハイソな人間である妻の口を何としてでも、という思いが込められているだろう。

若い直矢の肉幹は、清楚な姉の口淫でたちまち勢いを取り戻している。

8

うつ伏せにさせられた早智子は、白い尻肉をボールのように膨らませ、脚をまっすぐ伸ばしている。蹂躙は免れないと覚悟はしているだろう。どこに何をされようと、直矢になら許せる、と思っているかもしれないが。

純一郎は早智子の柔らかいおなかの下に手を潜らせて、お尻を掲げさせた。それから手と足を早智子の内腿に割り込ませ、十分に股を広げさせた。

「若いの、ほら、やりな。美人ママのお尻で気持ちいいことをするんだ」

その命令に悲鳴を上げて早智子は暴れた。しかしアナル凌辱を逃れるだけのことは何一つできない。肉幹をそそり勃たせた直矢が純一郎を見て、悲壮にかぶりを振った。

「言っていることがわからないのかな。言うとおりにしなかったらどういうことになるかは、わかってるんだろうな」

純一郎は直矢に向かって声を凄ませ、それから絵美に、直矢の腰をせり出させるよう指示した。

直矢のペニスを口淫して勃起させた絵美は、今や操り人形のような感じだった。まるで純一郎の召使いででもあるかのように直矢の腰に抱きつくと、早智子の菊門にペニスをあてがおうとしている。

「やめて、直矢。お願いよ。そんなこと、しないで」

高くと掲げられたお尻を必死に蠢かせて、早智子が哀訴する。

しかしその様は、むしろ直矢をたきつける結果になったようだった。怯んだ顔をしていた直矢は、純一郎におなかをかかえられて哀しく悶える母のお尻に発情したかのように、自ら腰を突き出した。

「いやあ！　直矢、やめてえっ！」

「ずぶっとやるんだぞ。一気にだ。もう道はつけてある。ずぶずぶ入る。前の方より締まりがよくて、そりゃあ死ぬほど気持ちいいぞ」

「うおっ……うっ、ううっ……」

「いやっいやあっ、直矢、やめてやめて、いや……アアアッ！　う〜、うっ、う〜っ、アア〜ッ！」

猛々しくきばった直矢の亀頭が、薄桃色の菊襞をめくり返して埋没した。それを果たした直矢も、介添え役の絵美も、目をぎらつかせてその個所を見ている。

獣のような息づかいが聞こえた。早智子の顔のところにいる徳治だった。直矢が早智子のアナル凌辱をしたのに興味がなくはないが、一刻も早く悲願の性戯を遂げたくてそれどころでもないようだ。

直矢の三倍もありそうな肉柱は鋼に匹敵する硬直にも見え、黒光りした亀頭からは、たらたらと淫液が噴きこぼれている。

「焦るなよ、熊井。あんたは、母と息子が終わってからだ」

純一郎は徳治に一声かけ、腰を振るよう直矢に命じた。直矢は直ちに腰をつかいだしたが、純一郎に言われなくても律動を始めていたかもしれなかった。粗暴ともいえるその前後動には、そんな感じが窺えた。

「どうだ。言ったとおりだろ。こっちの方が気持ちいいはずだ。ギリギリ締めて、堪んないだろ」

問いに直矢は答えない。しかし、ありったけの力を振り絞って抜き挿しをしているのが、手に取るように伝わってくる。

烈しい突っ込みを食らっている早智子はシーツに顔をうずめ、こすりつけている。もはや声も出ないようだ。純一郎は直矢に、ペニスを抜くように言った。

荒い呼吸をして動いていた直矢は意外そうな顔をして純一郎を見、再び純一郎がやめるように言うと、素直にペニスを引き抜いた。純一郎はかかえていた早智子の腰を解放した。早智子は軟体動物のようにひしゃげ落ちた。

純一郎は直矢に膝立ちのまま絵美のほうを向くように言い、そして絵美には、直矢のペニスを始末するように命じた。絵美がベッドを下りようとした。ティッシュを取りに行こうとしたのだろう。

「何を考えてるんだい。おじさんが言ってるのはね、お嬢ちゃんが、弟さんのおちんちんを舐めたり吸ったりしてきれいにするってことなんだよ」

「ヒッ……」

喉から小さく息が漏れるような悲鳴を上げ、絵美はそのまま卒倒しそうな様子を見せた。純一郎は絵美の腕を取り、直矢に向き直らせた。快楽を中断させられた直矢の肉幹は、絵美の顔のすぐ前でピックンピックンと脈動している。絵美は目を剝き、顔の色をなくしている。

「どうしたんだい。さっきはちゃんとくわえたじゃないの」

「い……いやです……」

「どうしてかな。理由が聞きたいな」

「……汚い、です」

「なんで。さっきはちゅーちゅーってしゃぶったじゃないの」

「汚い、です」

震え上がるようにして絵美は同じ言葉を繰り返した。

「そんなことはないでしょ。普通に入れたのがしゃぶれて、後ろの穴でやったのがしゃぶれないいなんて、おじさん、わからないいな」

「汚いです。あたし、いやですぅ〜」

髪を乱してかぶりを振り、絵美は泣き崩れた。絵美の横でうつ伏せになっている早智子が、ううう……と、くぐもった呻きを漏らした。白い肉体は屈辱からか、寒さを堪えるようなこわばりを見せている。

純一郎は徳治を見た。徳治は何とも妙な表情を浮かべている。

「おい、熊井。亭主にフェラチオのひとつもしない上流夫人でも、どうやらケツの穴は汚いらしいぞ。ミッションのお嬢ちゃんがそう言ってるんだから、間違いないだろうな」

「………」

徳治は純一郎におもねるような顔をしている。

「アンタ自身はどう思う?」

形のよい白いお尻をひたひたと叩いて純一郎は早智子に言った。早智子は目一杯体を固くしている。

「あんたはどう思うかって訊いてるんだけどね」

純一郎は早智子の顔を上に向かせた。早智子は怒りと悔しさを露にきつく目を閉じ、口を引き結んでいる。

「おい、熊井。あんたの奥方は死んでも口を開けないみたいだぞ。それでもあんたは口に突っ込みたいのか」

喉を鳴らして徳治はうなずいた。純一郎は早智子の上体をかかえ上げた。早智子は渾身の力で歯を食いしばっている。その口に、不自由な格好ながら徳治は挿入を試みている。引き締まった早智子の唇は淫液でたちまちぬるぬるになったが、挿入は頑として拒んでいる。

「下手くそだな、おまえは。だからカミさんはフェラしたくないんじゃないのか？　違うかい」

侮蔑口調で言って純一郎は直矢をそこに引っ張っていった。直矢の肉茎は力を衰えさせてはいるが、まだ勃起は保っていた。難を逃れてまたシーツに突っ伏した早智子を、純一郎は抱き起こした。徳治と並んで膝立ちになるよう直矢に命じ、そして純一郎は早智子に言った。

「どっちかしゃぶりな。どっちも嫌だってのはもう許さないから、覚えておきな」

早智子は目をひきつらせ、発作を起こしたように身震いした。純一郎は徳治の亀頭に早智子の口を押しつけた。口を引き結んで早智子はくぐもった悲鳴を上げた。次に直矢の亀頭に口をつけさせた。早智子は頭から抜けるような悲鳴を上げた。

「さあ、どうする？　あんたのマン液で汚れた、大嫌いな亭主のがいいか。それとも、あんたの尻で汚れた、愛する息子のモノを清めるか」

二者択一の言葉が終わらないうちに、早智子は涙を噴きこぼした。嗚咽を上げながらも、口はキリリと結んでいる。

「まあ、俺はどっちだっていいんだ。ほら、亭主の糞魔羅、頬張んな。口なんか簡単に開けさせられるって。それともあんたはやっぱり、死ぬほうを選ぶかい。できもしないだろうけどね」

　純一郎は二本の指を早智子の鼻の穴に差し込んだ。どうだ？　と徳治を見ると、媚びるような顔で賛意を示している。

　その瞬間を捉えて純一郎は早智子の口を徳治の亀頭に押しつけた。早智子は口を開けた。バネ仕掛けのように体を弾ませて早智子は抵抗した。純一郎は再度口淫させようとした。早智子は素早く体をくねらせて向きを変え、直矢の亀頭に食らいついた。

「おーっ、こっちがいいのか。そうかそうか。汚れててもこっちのほうがいいのか。愛する息子のだもんな。そうかいそうかい。わかるわかる」

　純一郎は早智子の鼻の穴から指を抜き、直矢の腰に手をあてがって、ぐっぽりとくわえさせた。早智子は背中をうねらせてもどしそうな唸り声を漏らしたが、深々とはまったものは抜けない。

「残念だったな、熊井。フェラは諦めるんだな。もう、諦めるしかねえだろ」

「頼む。兼松。これ以上苦しめないでくれ」

「何言ってんだ、あんたは。俺はあんたの望みを叶えさせてやろうって思ってやってたんだぜ。見てただろうが。一部始終。てめえのせいで汚れた息子のをくわえたのは、この美人の自由意思なんだぜ」

「手をこんなふうにされてなけりゃ、できたよ、俺だって」

「縛られてるのは奥方も同じじゃないか。おあいこってもんだ。ほら、色男、思う存分、腰つかえ」

純一郎は早智子の顔をかかえ込んで、直矢に命じた。母親のアナル凌辱を中断された直矢は、前後動を始めた。ぐえっ、ぐえっ、ぐえっと、早智子は呻きながら背中をうねり返らせた。

(あと一押しで、この美人は自尊心をなくすな)

と純一郎は感じた。その作業を、絵美にさせてやる。絵美ももう、ほとんど自分というものをなくしている。

純一郎は棍棒のようなバイブレーターを取り上げると、絵美の手に握らせた。絵美はうつろな目で純一郎を見た。貧血を起こしそうになっているのは、それが自分に使われるものと思ってのことだろう。

「地獄の苦しみを味わいたくなかったら、お母さんのお尻の穴に突っ込んでやりな。弟さんが入れたとこだ。見てたからわかるだろ」

背中を波打たせている早智子が、悲痛な声を轟かせた。純一郎は絵美にきつく命じた。嫌ならおまえのケツだという脅しを目に込めた。絵美は慌てた手つきで早智子のお尻に突き刺そうとした。

早智子は声を荒らげたが、バイブレーターが入っていったわけではなかった。純一郎は早智子のお尻をかかえ、くすんだ桃色をした菊門を大きく露出させた。

「よし。やれ」

「………」

絵美は可憐な唇をとがらせて、バイブレーターをねじり込んでいった。早智子は烈しく体を躍らせた。しかし直矢の肉柱を吐き出すことはできない。バイブレーターは、むろん抜け出ない。

純一郎はスイッチを最大にして入れた。早智子の総身が振動してけむった。

「おおおっ……」

荒っぽく腰を前後させていた直矢が喜悦の声を張り上げた。早智子の口も振動しているのだろう。

「汚いおケツは封印しような」

純一郎は早智子に聞こえるように絵美にそう言って、ガムテープを貼り渡し、バイブレーターを固定した。そうして直矢の肉茎を早智子の口から抜かせた。

「熊井、やっとおまえの番だ。息子のおさがりでもいいか。全身バイブ女だぞ」

その言葉に、徳治は涎を垂らしそうな顔で何度もうなずいた。今はもう、早智子の鼻をふさぐこともなかった。直腸で暴れ狂う巨大バイブに、早智子は大口を開けて身悶えている。

「感謝しろよ。高貴なご婦人の口と喉を、死ぬほど味わいな。腹の底の底から射精して、ゲップが出るまで注ぎ込んでやれば」

純一郎は黒光りしていななく徳治の亀頭を、早智子の口に無理やりくわえさせた。徳治は野獣のような歓喜の咆哮を張り上げた。純一郎が早智子の顔をかかえ込んで逸物を喉まで挿入させると、徳治は部屋を震わすほどの雄叫びを上げた。

息もつげぬ早智子は白目を剝き、涙を飛び散らせている。純一郎は徳治の腰と早智子の頭をガムテープでぐるぐる巻きにした。それから早智子を仰向けに転がした。

バイブレーターで直腸を突き上げられ、早智子は瀕死の叫びを上げている。その早智子の顔に徳治は体重を乗せ、腰をつかいはじめている。

そんな二人を前にして茫然自失の体の絵美のところに、純一郎は直矢を引っ張ってきた。母の口を凌辱していた直矢のペニスは、今なお隆々としていた。純一郎は相互口淫を強制し、手も含めて二人をぐるぐる巻きに固定した。

「おうおう、熊井。どうだい、いい眺めじゃないか。おまえの家族は仲がいいな」

唯一、口のきける徳治に純一郎は言った。後ろ手に縛られたまま早智子の顔を腹に敷いて腰をつかっている徳治は、雄叫びを上げつづけるばかりだ。

もしかしたらそれは、苦痛の呻きなのかもしれなかった。死ぬ思いで早智子が肉柱を嚙み切ろうとしていることが、あり得なくはなかった。だとすれば、徳治は腰をつかっているのではなく、激痛に悶えているのかもしれない。

「じゃあ、いつまでも家族仲よくな」

意気揚々と、純一郎は部屋を出た——。

9

バイブレーターの音と徳治の呻き声が続いている。徳治の声は快楽のそれではなく、苦痛からのものであることが、今や明らかに思えた。

（パパ、ママの口に射精しすぎて、苦しいのかな）

ガムテープで縛りつけられた体を自由にしたいと、直矢はあれこれやっていた。自分のことよりも、早智子のことが案じられた。何より嫌なことを強いられ、その上、お尻にバイブレーターを突き刺されている。

絵美の右腿に貼りつけられている右手が、少し動くようになった。絵美の肌に汗が滲んでいて、滑りがよくなったからだった。

純一郎にぐるぐる巻きにされた時は直矢が絵美の上に重なっていたが、体位は変わり、直矢は体の左側を下にして横向きになっている。それで、絵美の体の上にある右手を自由にしようと、少しずつ手を動かしていた。

直矢のペニスを口に含ませられている絵美は、まったく反応を示さない。絵美が何度、気を失ったかわからないぐらいだが、地獄の底の底にでも落ちたように、深い失神状態にあるのかもしれなかった。

地獄の底だろうがどこだろうが、仮に深い失神に沈んでいるのであれば、ある意味、幸せだろう。自分がどうなっているのか、何も知らないのだから。

手が、さらに動くようになった。直矢の肌からも汗が滲み出しているからだろう。前後にも左右にも動くようになった。

ガムテープがよれて紐状になったら、切るのは難しくなる。そうならないように注意しながら、手を抜き取ることに成功した。

直矢は、絵美の口に密着させられて頭を固定されているガムテープを切り、それから左手を自由にし、そうして腰に巻きつけられているのを切り、絵美の口からペニスを引き抜いて、体を起こした。

絵美は深い眠りに落ちているかのように、ピクリともしない。直矢はベッドの二人のところに行った。

早智子のお尻に挿入されて唸りを上げているバイブを抜き取ってスイッチを切り、それから早智子の髪に貼りついているガムテープを剥がそうとしたが、無理な感じなので後回しにし、徳治の腰に巻きつけられているガムテープを千切った。

「う、お……」

後ろ手に縛られている徳治が、転がって離れた。半勃ちのペニスから出血している。早智子が嚙んでいたのだ。だが、何より母親優先だった。

「ママ、大丈夫?」

直矢は手を縛っているビニールロープをほどいてやった。

「ありがとう」

早智子は起き上がろうとしたが、力が入らないようだ。直矢は手を引いて起こしてやった。

自由になってみると、目と喉が異常に痛いことに気がついた。催涙ガスのせいだ。直矢はドアのところに飛んで行き、開け放った。早智子がベッドを下り、よろけそうにして歩いてきた。

「ママ、シャワー、浴びなくちゃ」

「そうだね。僕も」

答えて直矢は部屋を見た。

絵美はまだ床に転がったままだ。意識は戻っていないらしい。後ろ手に縛られた徳治はベッドで唸っている。やはり、徳治を放っておくことはできなかった。

直矢は徳治の手を自由にしてやり、部屋から出て直矢を待っている早智子のところに戻った。二人がシャワーを浴びに行くことは、徳治は知ったはずだった。

自分の部屋から純一郎に引っ立てられてきた直矢は、スリッパを履いていなかった。早智子も履かないで部屋を出てきた。二人とも完璧に全裸で、ぺたぺたと素足の足音を立てながら階段を下り、バスルームに入った。

途中、玄関が目に入った。純一郎はそこから出ていっただろう。当然、ドアはロックされていない。

シャワーを出したのは直矢だが、直矢はノズルを早智子に渡し、早智子の髪にへばりついているガムテープを剝がしにかかった。

(ひどいことをされたね)

心では、いっそう言おうかと思っている。だが何となく言いづらい。ガムテープを剝がしてもらいながら直矢にシャワーをかけている早智子も、無言だ。早智子も、直矢と同じことを思っているのかもしれなかった。

ガムテープをすっかり取り、丸めて出窓のところに放りやった。振り向くと早智子は口を開け、シャワーで洗っている。

父の汚れを落としているのだ。

父は母の口に射精しただろう。父が上になって深々と差し込んでいたのだから、母は否でも精液を飲まざるを得なかっただろう。

また母は、父のペニスを出血するほど嚙んでいた。嫌悪感も、半端ではなかっただろう。そういったことも含めて、母は汚れを洗い流しているのに違いなかった。

自分は絵美に悪感情を持っていないが、ああいうことになった以上、母同様に口を清めなければならないと、直矢は思った。

「僕も口をきれいにする」

部屋を出て初めてしゃべり、直矢は口を開けて早智子に顔を突き出した。

「………」

早智子は直矢の顔を見回している。すっかり忘れていたが、自分はあの男に赤のラッカーを噴きかけられたのだった。

「ひといことをされたわね。石鹸で洗ったぐらいじゃ、取れないかしら」

「たぶんね。すぐには無理だと思う。あとでいろいろやってみるけど、取れなかったら明日、学校を休むから大丈夫。明日が日曜だったらよかったんだけどね」

「取れなかったら、病院にでも電話して訊いてみましょう。はい」

早智子は口にシャワーをかけてきた。むろん顔にもかかっている。ややあって、シャワーは下に向けられた。

「ここも洗ってあげるわね」

左手の指が、ペニスの先から根元までを往復しだした。指はそれから陰嚢に這い込んできた。指は陰嚢だけでなく後ろも洗った。早智子自身は、バイブレーターだ傷めつけられたところをまだ丁寧に清めていない。

「僕にママの後ろ、きれいにさせて」

「いいわよ。後ろはママ、自分でするから」

「体だけじゃなく、きれいにしてあげるからさ」

直矢は早智子の肩に両手を乗せた。

「ん？　どういうこと？」

「こういうこと。あいつに汚された体も心も、僕が元に戻してあげるよ」

笑いかけて言って直矢は早智子を壁に向かわせ、しゃがんだ。

「え？　え？　何？　何するの？」

振り向いて訊いた早智子に、直矢は行為で示した。丸々と肉づいた尻肉に両手をあてがい、谷割れに顔をめり込ませた。

「あ、あん。直矢、何をっ、何をっ」

体を弾ませて早智子が叫んだ。しかしその声は、いかにも嬉しげだ。シャワーに濡れた肌も肉も、悦んでいるようだ。

直矢は顔を押し込んだ。鼻と口が、分厚い肉を割って進んでいく。鼻の先が尾骨のところ、唇はほぼ菊門に届いている。

「駄目よ、直矢。そこ、キタナイわ」

逃れようとしながら言う早智子に、直矢は顔を離して答えた。

「もともとのママは汚くなんてないよ。だけど、あいつに汚されちゃったでしょ。だから僕が元に戻してあげるって言ってるんだよ。ママのことをそうできるのは、僕だけなんだし」

「……嬉しい」

尻肉の感触が和らいだ。直矢はやさしく撫で回しながら、あらためて口をはめ込んでいった。

舌を突き出した。後ろのすぼまりをなぞった。蹂躙された襞はきつく締まっている。丁寧に舐めてやった。襞と尻肉が、ひくり、ひくりと、ひきつった。

「もう……きれいになったみたい」

声は小さい。かすかに、喘ぎが混じっている。直矢は菊襞を舐めつづけた。両手をあてがっている尻肉に、緊張感がある。

(ママ、感じてるのかも)

しかし直矢は、母よりも自分のほうが喜悦に包まれているのを直矢は知った。

ペニスがギンギンに硬化してそそり勃っている。仮にもし今、ここで射精したとするなら、五十センチは離れている母の恥芯に精液がぶち当たるのではないかとも思われた。

幸せ感に自然、舌の動きが強くなった。

それに応じるように早智子の腰はくねり、あるいは前後しはじめている。ふと、さっきまでの地獄の数十分が脳裏に甦ったが、現実のこの幸せに染まって、魔のすべてが帳消しになるように直矢は思った。

（ママもそうなって）

直矢は顎の下から右手をくぐらせて、豊かな恥肉をつかみ取った。

「あ、あん。直矢……」

腰の前後動が大きくなった。壁に向けられていたシャワーが、滝のように早智子のおなかに落ちてきた。直矢は左手を外から前に回していき、お臍のところから秘毛の茂る恥骨部をまさぐり撫でた。

早智子の腰の動きが、いっそう大きくなった。後ろに引かれる時は当然、菊襞が口に強く押しつけられる。むしろ早智子は、そうなることを望んでいるかのようだ。

「前も……きれいにしてくれるの？」

愉悦に酔い痴れているような声で早智子が言った。夫の性器で汚されたところを、という意味だろう。

「ん」

と一言。後はまた行為で直矢は応えた。

下から差し込んでいる右手の親指を、秘口に挿入した。そうして、人差し指でクリトリスに触った。前から回した左手の中指と薬指では、両側の恥肉をこねた。

「ああっ、あんあんあんあん」

バスルームに甘い声を響かせて、早智子は尻肉を躍らせた。

直矢は親指を蜜壺に抜き挿しさせた。人差し指では快楽の肉突起を横なぶりに愛撫した。左手の二本指では、分厚い恥肉をくにょくにょと掻きなぶった。舌では一貫して、後ろのすぼまりを舐めている。

「ひいいっ、あ！　あ、あんあん。う、う〜っ、ダメ。ダメよダメよ、直矢、そんなことしたらママ、変になっちゃう！」

シャワーのノズルを床に落として、早智子は烈しく身悶えた。

（いくら変になったっていいんだよ。僕たちの邪魔をする者は、誰もいないんだから。そんなの、許さないし）

その思いを込めて直矢は両手の指と舌とを目一杯働かせた。

「ううっ、あ！　もういいわ。あ、あん、直矢、ママ、もういいわ！」

高まる快楽に早智子の体がこわばり、小刻みに痙攣しはじめた。

(よくない。ママのこと、もっともっと気持ちよくしてあげるよ。嫌なこと、僕が全部忘れさせてあげるからね)

直矢は性技を甘く、巧妙なものにした。指づかいも、精妙なのといくぶん荒っぽいのとを混ぜた。数年に及ぶ香菜とのことがなければ、このような愛撫はとても望めなかっただろう。

「あー。ダメよダメよ。もうママ、我慢できないわ」

恥骨とお尻がブルブルしはじめた。

(我慢なんてすることないでしょ。好きなように気持ちよくなって。好きなようにイってよ。最後まで僕がしてあげるから)

気持ちも落ち着いている。あと十秒くらいで早智子が達するのが、予知できそうにも思った。

「あっあっ、直矢……ママ、死にそうよ。うー、ママ、どうなってしまうの。あっ、直矢直矢、ママはママは……」

飛び跳ねるように痙攣して、愛する母は絶頂に達した。

10

痙攣しながら早智子が壁伝いに落ちてきた。直矢は早智子の股から手を抜いて体を支えたが、自分自身が不安定なしゃがみ方をしていたので、早智子を後ろから抱く恰好でバスマットに尻餅をついた。

「あ、あん。やん」

早智子が甘えたような声を出した。

何かくすぐったそうな仕草をしてもいる。顔は、下を向いていた。肩越しに見ると、早智子の股から直矢の勃起がそそり勃っている。

「わ」

「やん。ママのお股からおちんちんが生えてるみたい」

「中に入れてあげるね」

「だーめ。今日はもう、おしまい」

口ではそう言いながら、早智子は両手で勃起の裏べりをまさぐってきた。一方の手の指は、陰嚢のほうまで這い込んでいる。

脊髄が痺れるような快感に撃たれた。

「うっ、ママッ……」

「まあ、スゴイ。鉄みたいに硬い。それでいて、中の様子がよくわかる感じ」

両手の指が、亀頭から肛門までこねくった。

「ううっ、あ……中……の……様子って……？」

「ここと、ここに、いっぱい詰まってるのがわかるってこと」

右手が勃起を握り、左手が陰嚢をくるみ込んだ。

「精液が？」

「違う？」

「そこじゃないところにも詰まってるよ。ママのお尻に圧迫されて、今にも出そうだよ」

「ここ？」

右手が後ろに回ってきてお尻と直矢の腹の間に潜り込み、膀胱の前をまさぐりつかんだ。

「あ、あ、出ちゃうって」

「じゃあ、出しちゃえば。そうしたらぐっすり寝られるでしょ？」

「やだ。ぐっすり寝たりなんかしない」

「どうして？」

「どうしてかというとね」

直矢は早智子の肩を抱き、耳に口を寄せた。

「ママの中に入れるの。そうして、朝までするの。僕のベッドで」

「何言ってるの。そんなの無理よ」

「無理かどうかなんて、やってみなくちゃわからないでしょ。それにたぶん明日は、学校を休むことになると思うし」

「今からそのつもり？」

「だって、ラッカーは簡単に取れないもの。ねえ、ママ」

直矢は早智子を滑り下ろして立ち上がり、早智子の手を引いた。早智子は立ち上がる代わりに目の前の肉幹を握ってきた。

「どうしてこんなに大きくなるのかしら。信じられないわ」

「理由はただ一つ、ママのことを愛してるからだよ」

「まあっ、直矢ったら」

早智子は直矢を睨み上げると、目はそのままに亀頭をぐっぽりとくわえ込んだ。

性の悦びが脳天を突き上げた。

「うおおっ、ママ！」

堪らず直矢は腰を折った。

ぐぼぐぼぐぼ。

三回口を前後させて、早智子は口を離した。直矢を見上げっ放しの顔は、明るく輝いている。

「厄を落としたわ」

口調も軽く言って、早智子は立ち上がった。徳治のモノをくわえさせられ、おそらく大量の射精をされただろう厄を、という意味だろう。

「僕のベッド。いいでしょ？　行こう行こう」

外に出てバスタオルで手早く体を拭き、それぞれタオル一枚を巻きつけ、再び素足でもつれるようにして二階に上がった。

上がってすぐ左が直矢の部屋。その向かいが香菜の部屋。階段から見て右側が絵美の部屋で、その右隣が早智子たちの寝室だ。

早智子たちの部屋からは、物音ひとつ聞こえてこない。絵美はまだ気を失ったままなのだろうか。もう息を吹き返しているとは思うが。もしかして、溺愛する徳治が何かをしているか。

そんなことを思いながら直矢は早智子の肩を抱いて自分の部屋に入り、ドアをロックした。

クリーム色のカーペットに何カ所か、赤いラッカーが噴きつけられている。純一郎が絵美を連れて部屋に押し入ってきた時に読んでいたコミックが、ベッドの下に転がっている。

直矢はベッドカバーをめくった。早智子が肩をすくませた。

地獄から抜け出た気分だからなのかどうかわからないが、早智子の顔は爽やかで、何歳も若返ったようにも見える。乳房は丸々としていて弾力に満ち、陰阜を飾る秘毛が薄めであることも、肉体を若く見せるのに一役買っているとも言えそうだ。

一方、直矢はというと、肉幹はかつてないくらい雄々しく聳えている。それを見る早智子の目が、妖しく潤んでいる。

「ねえ、ママ」

直矢は早智子の手を取った。

「どうせさっきママの中に出しちゃったんだし、いいよね」

自分が純一郎に強制的にセックスさせられ、早智子の膣に射精したことを指している。その時、早智子は「今日は駄目だ」と言ったのだった。早智子は潤んだ瞳を輝かせた。

「たぶん、大丈夫」

「え。そうだったの?」

「ああでも言わなくちゃ、みんなに何て思われるかわからないでしょ。母と息子で前から愛し合っていたって、告白するようなものじゃない」

「告白してくれてもよかったのに。事実なんだもん」

直矢は早智子を抱き寄せ、弾力豊かな乳房をやんわりと揉んだ。

「でも、みんな、わかっちゃったでしょうね」

「僕もそう思う」

「ということは、明日から、今までとは違った毎日になるってことだけれど」

「だろうね。いいよ、僕は、どうなっても。ママとこうしていられるんだったら」

乳房の揉み方を強めた。

「あ、直矢、だめ」

早智子が胴に手を回してきた。直矢を見つめる目は甘く、「駄目」と行為を禁止しているとは思えない。

「え？　どうして？」

「だって、ママ、感じすぎちゃうもの」

「なんだ。そんなことか。なら僕、もっともっと感じさせちゃうから」

直矢はもう一方の手を秘部に這わせた。

だがその手は早智子につかまれて背中に回され、乳房を揉んでいた手も背中に回された。早智子は直矢の両手を後ろで拘束するようにして、伸び上がった。

いきり勃つ肉幹とふっくらした陰阜とが接した。双乳が直矢の胸に当たってもきた。

しかし早智子は、そうすることが目的なのではなかった。

「キスして」

伸び上がってなお顔をのけぞらせ、早智子がせがんだ。両手を縛められたままで直矢は唇を合わせた。早智子が、強く押しつけてきた。胸もおなかも、強く押しつけてきた。直矢の後ろはすぐベッド。直矢はベッドに落ちた。早智子が重なってきた。だが口は、耳のほうに滑った。

「直矢のこと、朝まで寝かせない」

火照った息が、耳を掃いた——。

◎本作品は『美母《はは》と少年』（二〇〇〇年・マドンナ社刊）を大幅に加筆修正し、改題したものです。

二見文庫

美母《びぼ》の誘惑《ゆうわく》

著者　北山悦史《きたやまえつし》

発行所　株式会社 二見書房
東京都千代田区三崎町2-18-11
電話　03(3515)2311［営業］
03(3515)2313［編集］
振替　00170-4-2639

印刷　株式会社 堀内印刷所
製本　合資会社 村上製本所

ISBN978-4-576-10089-0
http://www.futami.co.jp/

母の友だち
北山悦史